蘭方医・宇津木新吾

奇病

小杉健治

双葉文庫

目次

蘭方医・宇津木新吾　奇病

第一章　側室

一

文政《ぶんせい》十三年（一八三〇）十一月一日の早朝は、宇津木新吾《うつぎしんご》にとって格別なものであった。きょうから、再び松江《まつえ》藩多岐川《たきがわ》家の藩医として出発するのだ。

しかし、宇津木新吾はいつものように木刀《ぼくとう》を持って庭に出た。まだ夜の厳しい寒さは残り、冷気が体を包み込む。土に霜《しも》がおりて池に氷が張っていた。

五百回の素振りをし、汗をかいてから座敷に戻って、今度は小机《こづくえ》に向かう。『因液《いんえき》発備《はつび》』という吉雄耕牛《よしおこうぎゅう》の訳書を広げ、続きに目を通した。

『因液発備』には検尿によって病因を見分け、診断することが述べられている。それまでの診断は視診、脈診、触診によったが、尿から病因を見つけようというものだ。

吉雄耕牛は長崎通詞になり得ない身分の出でありながら、その才能と努力によって和蘭陀《オランダ》通詞になった人物である。オランダ流医学を学び、家塾『成秀館《せいしゅうかん》』を作って蘭語と医学を教え、多くの有能な人材を育てた。江戸《えど》蘭学の祖といわれた杉田玄白《すぎたげんぱく》もそのひとりである。

朝餉《あさげ》の支度《したく》が出来て、妻の香保《かほ》が呼びに来た。若妻らしい美しさに磨きがかかり、新吾はふと眩しく感じる。

書物を片づけてから、新吾は立ち上がった。

台所の隣の部屋に行くと、すでに義父の順庵《じゅんあん》が座っていた。

「おはようございます」

新吾は声をかけて、向かい合うように腰を下ろした。

「いよいよだな。さきほど、表に看板を出した」

順庵は相好《そうごう》を崩し、

「これから忙しくなるぞ」

大名のお抱え医師という看板の威力を身にしみている順庵は、新吾が再び松江藩のお抱えになったことに喜びを隠さなかった。これからは、大店《おおだな》や富裕な者たちからの往診も増える。順庵の面目《めんぼく》が保てるのだ。

新吾は世間体など気にしないが、順庵には大事なことだった。そんな順庵を非難するつもりはない。かえってその無邪気《むじゃき》さを好ましくさえ思った。

いずれにしろ、これからは実入りが増え、香保を質屋にやるようなことはなくなる。そのことだけでもよかったと言わねばならない。

「今度は無事に過ごしてもらいたいものだ」

順庵は半分真顔になった。

「はい」

新吾は去年の十月から今年の四月まで、松江藩のお抱え医師を務めた。辞めたのは、松江藩の御家騒動に巻き込まれたからであり、自分の辛抱が足りなかったわけではない。

順庵もそのことを承知している。何事もないようにという順庵の願いであろう。

香保の給仕で朝餉を摂《と》った。野菜の煮物にお新香などが並んでいるが、格別なことはしないようにと言ってあったので、いつもの朝の献立だった。

朝餉のあと、香保の手を借りて出かける支度をした。

「このたびは番医師《ばんいし》ということでしたが、責任はいっそう重くおなりになりますね」

香保がいたわるように言う。

松江藩のお抱え医師は殿様や奥向きを受け持つ近習医《きんじゅい》や、家老、番頭、用人などの上級藩士を診る番医師、そして下級武士、すなわち勤番長屋に住む江戸詰の藩士及び中間《ちゅうげん》、小者《こもの》の治療をする平医師とに分かれている。

前回、新吾は勤番長屋と中間長屋を受け持つ平医師として採用された。今回は番医師として家老、番頭、用人などの上級藩士を診ることになった。

「なぜ、そこまで私のことを買ってくれているのかわからないが、たとえ相手の身分がどうであろうと、私には関係ない」

新吾が思わず強い口調になったのは、松江藩がなぜもう一度、新吾を抱えようとしたのか、そのわけがはっきりしなかったからだ。

「では、行ってくる」

「はい」

香保は見送りについてきた。

薬籠《やくろう》持ちの若い勘平《かんぺい》を連れ、新吾は日本橋小舟町《にほんばしこぶなちょう》の家を出た。町中を通っているときはそれほどには感じなかったが、辺りが開け、柳原《やなぎわら》の土手に差しかかると、真正面から空っ風が吹きつけてきた。

「冷たい風ですね。顔が痛いです」

勘平は身をすくめて言う。

土手に並んでいる、すっかり葉を落とした柳の木が大きく揺れていた。

「橋を過ぎれば違う」

新吾も目を細めながら応じた。

空っ風に向かって歩み、神田《かんだ》川にかかる新《あたら》シ橋《ばし》に差しかかったとき、ふいに目の前に紺の股引きに尻端折《しりばしょ》りをし、羽織《はおり》をまとった男が現れた。

「親分」

思わず、新吾は声を上げた。

「すみません。驚かせるような真似をして」

南町定町廻《じょうまちまわ》り同心津久井《つくい》半兵衛《はんべえ》から手札をもらっている升吉《ますきち》という岡っ引きだ。

三十半ばの小肥りの男だ。

「宇津木先生がきょうから松江藩の上屋敷に通うようになると津久井の旦那から聞いて、ちょっとお願いがあってお待ちしていました」

「なんでしょう」

新吾は不思議そうにきいた。

「じつはふた月ばかり前、松江藩の上屋敷でちょっとした騒ぎがありました。中間にきいたら盗人が入ったというんです」

「盗人？」

「二年ほど前から夜働きをしている稲荷《いなり》小僧ではないかと」

「稲荷小僧？」

「ご存じではありませんか」

「知りません」

新吾は首を振る。

「稲荷小僧というのは大名屋敷を専門に忍び込む盗賊です。主に狙いは中屋敷か下屋敷です。警戒が手薄ですから」

「稲荷小僧が松江藩の上屋敷に忍び込んだのですか」

「それがわからないのです」

「わからない？」

「松江藩のほうでは否定しているのです。九月半ばに騒ぎがあり、中間が盗人に入られたと話していたのです。ところが、その中間は、自分の勘違いだったとあとで言い出したんです。お屋敷のほうから喋《しゃべ》るなと言われたのでしょう」

「松江藩は盗人に入られたことを隠していると？」

新吾はきいた。

「そうです。体面ですよ。稲荷小僧に入られたとなったら面目を失いますからね」

「それで、私に願いとは？」

「稲荷小僧が忍び込んだのはほんとうかどうか知りたいのです。ほんとうなら、いくら盗まれたのか」

「なぜ、そのことが大事なのですか」

「ええ」

職人体の男が橋を渡ってくる。反対側からも商人《あきんど》ふうの男がやって来た。升吉は少し上流のほうに移動した。

「稲荷小僧はこれまでだいたいふた月、三月《みつき》ごとに盗みを働いていました。最後に忍び込んだのが七月で、さる大名の本所《ほんじょ》にある下屋敷です。それからふた月後の九月に松江藩上屋敷に忍び込んだはずです。松江藩では否定していますが、あっしらは稲荷小僧が盗みに入ったと思っています。すると、そこからふた月後の今月、稲荷小僧はどこぞに忍び込むことが考えられます」

「ふた月、三月ごとというのは盗んだ金が尽きてきて盗みを働くということでしょうか」

「そうだと思います。ただ、松江藩上屋敷では百両ぐらい盗まれたそうなんです。これも、その中間の話なのですが」

「百両？」

「ええ、それまではせいぜい数十両単位なんです。百両盗んだことがほんとうなら、金はまだ尽きていないでしょうから今月は盗みを働かない公算が大きいでしょう」

「それで、稲荷小僧に百両を盗まれたかどうかを知りたいということですか」

「ええ。ぜひ、それとなくきいてみていただければ」

升吉は軽く頭を下げた。

「九月に、稲荷小僧が他の大名屋敷に忍び込んだということは考えられないのですか。その屋敷が被害に口を閉ざしていると」

「確かに、そういうことも考えられます。ただ、九月半ばに松江藩上屋敷で何か異変がおきたことは事実なのです」

「ともかく、きいてみます。もう、行かないと」

新吾は話を打ち切った。

「申し訳ありません。お引き止めして」

新吾は会釈《えしゃく》をして先を急いだ。

「稲荷小僧を知っていたか」

新シ橋を渡ってから、新吾は勘平にきいた。

「ええ、瓦版《かわらばん》にも出てました。いまだに正体がわからないそうです。誰も姿を見ていないっていうんですから」

「稲荷小僧か……」

新吾は呟《つぶや》いた。

心なしか空っ風が弱まってきたように感じられた。

三味線《しゃみせん》堀の側を通る。松江藩の上屋敷は三味線堀の西側にあり、通りに面して勤番長屋が続いている。

新吾は長屋門に向かった。門番の侍は見知らぬ顔だった。きょうから藩医を務めることになった宇津木新吾ですと名乗ると、話が通してあったようで別の門番が江戸家老宇部治兵衛《うべじへえ》の屋敷に案内した。

「高見左近《たかみさこん》さまは？」

途中で、門番の武士にきいた。

「高見さまは国表にお帰りになりました」

藩主嘉明《よしあき》公の側近中の側近である近習番《きんじゅばん》の高見左近は常に藩主嘉明公のそばにはべっているはずだから、今の時期は藩主とともに国表に帰っているのは当然だ。

だが、高見左近の説き伏せによって、新吾は松江藩の藩医に復帰することになったのだ。何度か新吾の前に現れたのは、わざわざそのために単身で江戸に出て来たのだろうか。

左近がなぜ、そこまで新吾に拘《こだわ》るのか。むろん、嘉明公の意向を汲んでのことだろうが、何らかの形で新吾を利用しようとしているのか。

それは考えすぎで、ただ純粋に医師としての役割以外は何も期待されていないのかもしれない。

玄関に入ると、今度は家老の家来に従って客間に行った。

寒々とした部屋に入り、真ん中辺りで床の間に向かって腰を下ろした。

「しばらくお待ちください」

家来が去って、新吾はひとりになった。

すぐに女中が手焙《てあぶ》りを持ってやって来た。

「すみません」

女中に礼を言う。

新吾は家老を待ちながら、これまでのことを思い返した。

去年の十月、新吾は宇部治兵衛に乞われて松江藩のお抱え医師になったのだ。嘉明公の意向で治兵衛が動いたことは、嘉明公に会って明らかになった。

が、新吾は松江藩の御家騒動に巻き込まれた。

八年前、先代の嘉孝《よしたか》公は実子の孝太郎《こうたろう》ではなく弟の嘉明を後継にした。孝太郎は側室の産んだ子だが、側室の父親が次席家老の八田彦兵衛《はったひこべえ》だったことを先代は気にした。孝太郎を後継にすると、祖父である八田彦兵衛が孝太郎君の後見として力を得るようになる。そのことを恐れ、嘉孝公や重役らもこぞって反対した。

ただ、嘉明公のあとは孝太郎に藩主の座を譲るという約束があった。嘉明公が亡くなる頃には老齢の八田彦兵衛はすでにこの世にいないという計算からだ。

嘉明公のあとは孝太郎に藩主の座を譲ることは重役たちの間で念書がかわされているので既定のことだった。

ところが、八田彦兵衛が嘉明公暗殺を企てたのだ。八田彦兵衛は自分がまだ元気なうちに孝太郎君に藩主になってもらい、自分は後見として政《まつりごと》を担おうとしたのか。

ところが実態は違った。国表では嘉明公に繋がるものが重役連中をひとりずつ説き伏せ、約定《やくじょう》を廃棄させようと動いていたのだ。誰でも長い間権力の座にあれば、それを他人に渡したくなるものだ。嘉明公も例外ではなかった。藩主の座を我が子に譲ろうとして、念書の破棄を迫っていた。その動きに気づいた八田彦兵衛は決起したのだ。

しかし、嘉明公暗殺は失敗におわり、八田彦兵衛は自害した。

八田彦兵衛亡きあとも、嘉明公の重役たちに対する説得は続いた。そして、今は嘉明公の望みどおり、我が子を後継にすることになったのだ。

先君の兄嘉孝は弟嘉明にあとを継がせ、その後に我が子孝太郎を藩主の座につけるように言い残した。

その誓約を嘉明公は破り、我が子を後継にし、重役たちの承諾をとったのだ。

このような騒動に新吾は巻き込まれた。そのことで、新吾はお抱え医師を辞めることになったのだ。

その後、新吾は義父順庵と共に町医者として病人を診てきたが、頼まれて半年間小《こ》伝《でん》馬《ま》町牢屋敷の牢屋医師として働くことになった。

ところが、藩医を辞めて半年以上経って、高見左近が新吾の前に現われたのだ。御家騒動の折には新吾の命さえ奪おうとした左近だが、そのようなことなどなかったかのように、左近は改めて藩医の声をかけてきたのだ。

はじめに御家騒動について弁明した。

嘉明公は私欲から我が子を後継にしたのではない。嘉孝公の子孝太郎君は凶暴な性格だった。幼少期から猫《ねこ》や犬を苛め、長じるに従ってますます乱暴になっていった。家来を手打ちにしたこともあった。そんな孝太郎君が藩主になることを誰もが憂えていた。

その孝太郎は出家をした。将来、孝太郎を還俗《げんぞく》させ、藩主の座につけようと目論《もくろ》む輩《やから》が出ることがないように重役たちも約束したという。

御家騒動も決着し、障害はなくなったことと、嘉明公がやはり新吾から蘭学を学びたいという希望を持っているからと言った。

新吾は今さら戻る気などなかった。左近はおいしい餌をぶらさげてきた。今度は平医師ではなく番医師として来てもらうと。そして、松江藩が新たに招聘《しょうへい》した近習医は、公儀の奥医師《おくいし》の弟子筋に当たる花村潤斎《はなむらじゅんさい》といい、親しくなれば、栄達《えいたつ》に何かと有利になると言ってきたのだ。

奥医師とは将軍や御台所《みだいどころ》、側室の診療を行う医師である。

破格の待遇を新吾は不思議に思った。それより、番医師と聞いて戸惑った。相手の身分で医者としての態度を変えたりはしない。ただ、上級武士と接する機会が多くなれば、おのずと藩政に絡むことなどが耳に入ってくるに違いない。また新たな揉め事に巻き込まれないか。

その危惧を、左近は一笑に付した。もはや、藩には大きな問題はないと。ただ、問題は嫉妬《しっと》だ。若い新吾が番医師となれば、他の医師の反感を買うかもしれない。この覚悟はしておかねばならぬと、左近は厳しい顔で言った。

その上で、嫉妬はどこでもつきものだ、己が大きくなっていくためにはそれに打ち勝つことも必要ではないかと、新吾を説いた。おそらく、左近も味わったのであろう。

新吾は考えた末に、番医師として勤めることを引き受け、きょうから上屋敷に上がったのだ。

廊下の足音が部屋の前で止まった。

新吾は居住まいを正した。

二

さきほどの家来が襖《ふすま》を開き、がっしりした体つきの武士が入ってきた。家老の宇部治兵衛だ。

新吾は低頭して迎えた。

「新吾、ごくろう」

治兵衛が声をかけ、

「久しぶりだ。一段とたくましくなった気がする」

と、新吾の顔をまじまじと見つめた。

「恐れ入ります。ご家老さまもお変わりなく……」

新吾も型通りに挨拶《あいさつ》をする。

「よく藩医を引き受けてくれた」

治兵衛が言うのを、

「ご家老さま」

と、新吾は身を乗りだした。

「なぜ、私が再び招かれたのでしょうか」

治兵衛の考えを知りたくてきいた。

「殿が望まれたのだ。そなたに蘭学の講義を受けたいと仰ってな。御家のごたごたがあり、ゆっくり講義を受けることが出来なかったと、悔やんでおられた」

治兵衛は殿の苦しみを代弁するように静かに言った。左近も同じことを言っていたから、嘉明公がそう思っているのはほんとうかもしれない。

「しかし、殿さまは今は御国では？」

四月には帰国されたのだ。

「うむ。出府は来年の四月だ」

「では、なぜ、私を急がせたのでしょうか」

「たまたま、そなたの体が空いたからだ」

代役の牢屋医師の任務は半年間の約束だった。牢屋医師のひとりが江戸を離れることになり、その留守の間の埋め合わせだった。ところが、わずか三月で、その牢屋医師が江戸に帰ってくることになり、代役の用がなくなった。

その牢屋医師を早く江戸に戻すように、松江藩が手をまわしたのではないかと疑っている。その証《あかし》はなく、想像でしかない。それに、そうだったとしてもそれほどまでして新吾を招こうとするわけがわからない。

「いずれにしても、私のお役目は殿さまが出府なさる来年の四月まではさしたる用がないということでしょうか」

松江藩には番医師が三人いる。新吾がいなければならない理由はない。そのことを言うと、治兵衛は軽く頷《うなず》いたが、

「じつは、番医師のひとりは来春で退くことになっている。そこで、早々と手を打ったというわけだ」

　と、あっさり言う。

「では、それまでは私は……」

「新吾。じつはそなたにやってもらいたいことがある」

治兵衛は口調を改めた。

「下屋敷に行ってもらいたいのだ」

「下屋敷ですか」

下屋敷は本所の横川《よこがわ》にかかる北中之橋《きたなかのはし》の東詰にある。

「下屋敷に殿の側室の綾《あや》さまがいらっしゃる」

治兵衛は暗い顔をした。

「綾さまが何か」

「うむ」

「ここ数か月、体調がすぐれない」

「側室ならば番医師の私が出しゃばる筋合いではありませんが」

「非常時だ。そこまで考えずともよい」

「どのような症状なのでしょうか」

「三月前に血を吐いたということだったが、近習医は胃に出来た潰瘍《かいよう》が破れて出血したと見立てた。その潰瘍も療治《りょうじ》で治ったが、その後も具合がよくないのだ。先日、見舞いに上がったが、食事も出来なく、かなり痩せておられた」

治兵衛は深刻な顔をした。

「臥《ふ》していらっしゃるのですか」

「寝たり起きたりしているようだ」

「近習医どののお見立ては？」

「原因がわからぬそうだ。潰瘍は治ったはずだがと、首をひねっていた」

「お待ちください」

新吾は驚いて、

「近習医どのがわからないものを、若輩の私にわかろうはずがありません」

老練な医師が診てわからないものを、自分にわかるはずがない。新吾はそう言った。

しかし、治兵衛はとりあわず、

「ともかく、しばらくは下屋敷にて、綾さまの療治に専念してもらいたい」

「下屋敷に医師は？」

「平医師はいるが、近くから通っている。そなたには綾さまだけを診てもらえばよい」

「しかし、近習医の職分を侵しては……」

新吾はまだ拘った。

「近習医も了承している」

「蘭方医ならば、このたび近習医として招かれた花村潤斎さまがいらっしゃるではありませんか」

「潤斎どのにも診てもらった」

治兵衛は暗い顔で言う。

「やはり、わからなかった。潤斎どのもそなたに任せることに異論はなかった」

「わかりません」

「何がだ?」

「もちろん綾さまの療治を私に任せるということがです。何か、企みがあるのではないかと疑ってしまいます。私は二度と、騒動に巻き込まれるのは御免です」

新吾は毅然《きぜん》と言う。

「考え過ぎだ。それこそ、そなたに任せることで、何があるというのだ?」

「綾さまの治療をめぐり、近習医の間で意見の相違からもめごとが起きたとか。私であれば角が立たないということで……」

「……」

治兵衛はため息をついた。

「そこまで言うなら仕方ない。そなたに綾さまの療治に当たらせろと言ったのは高野《たかの》長英《ちょうえい》どのだ」

「高野さま？」

高野長英は仙台《せんだい》藩の一門の水沢《みずさわ》家家臣の子として生まれたが、九歳のときに伯父である高野玄斎《げんさい》の養子となり、医学や蘭学に目覚めていったという。

長英はシーボルトが作った長崎《ながさき》の『鳴滝塾《なるたきじゆく》』で塾頭をしていたほどの天才であり、知識がずば抜け、医術に関しても有能であった。その自負からか態度は傲岸《ごうがん》であり、他人から誤解されやすいが、根はやさしく、どんな患者にも対等に接していた。

だが、シーボルト事件の連座で『鳴滝塾』の主だったものが投獄された中、長英はうまく逃げ延び、一時幻宗《げんしゆう》の施療院に身を寄せていた。

そのことから新吾は長英と親しくなったのだ。だが、長英は公儀隠密《おんみつ》の間宮林蔵《まみやりんぞう》に追われていた。

林蔵の追跡に危機を察した長英は九州に行くと言い置き、江戸最後の夜を新吾の家で過ごし、旅立って行った。

しかし、長英は九州に行く途上、松江藩の城下に立ち寄ったという。『鳴滝塾』でいっしょだった塾生が城下で開業していた。その話を聞いた嘉明公は長英を招き、講義を受けたという。

嘉明公は毎日、長英を城に呼び、話を聞いた。海外では新しいものがどんどん発明されている。もっともっと海外に学ばねばならぬと思ったという。

前回、新吾を松江藩に招くことは、長英の助言によって決めたと、嘉明公から聞いたことがある。

そのことを言うと、

「今回もそうだ」

と、治兵衛は答えた。

「嘉明公は高野さまとお会いになられましたか。高野さまは九州におられるのでは？」

「いや、江戸にいる」

「えっ」

新吾は耳を疑った。

「高野さまはどこに?」

「麹町《こうじまち》で医者を開業したそうだ」

「そうでございましたか」

新吾は意外なことに驚いた。

「九州から江戸への帰途、長英は松江藩の国元に寄った。ちょうど、殿が帰国なさっていた。そこで、そなたの話になった。そなたが藩医を辞めたと聞き、長英は殿に改めて説いたそうだ。もう一度、そなたを藩医として迎えるべきと」

「なぜ、長英さまはそこまで」

「長英はいずれそなたが蘭学において第一人者になるだろうと言っていた。そなたを庇護すれば、いずれ松江藩に大きな利益をもたらそうとな」

「買いかぶりです」

「いや、殿もそれを認めていた。藩医のころのそなたの働きぶりを見ていたからな。ただ、改めて招くとなれば、それなりの遇し方があろう。それで番医師として招いた」

治兵衛の言葉に異を唱えるように、

「綾さまの療治は近習医の務めです。出しゃばって療治を任されて、もし万が一のときには……」

と、新吾はすぐに番医師までも辞めさせられるのではないかと思った。

「番医師としての仕事ではない。何があろうがそなたに責任はない。だから、そなたには綾さまの療治に専念してもらいたいのだ」

番医師は三人いる。来年の三月にひとりが辞めることになっているというが、今は、足りているのだ。つまり、当面は新吾は綾を診ることが仕事ということになる。

釈然としないものがあったが、藩医になったのだから、治兵衛の命令には従わなければならなかった。それより、病人を治すのが医師としての務めだ。

「他にきいておきたいことはあるか」

治兵衛は新吾の顔を見た。

「いえ。あっ」

新吾は岡っ引きの升吉の言葉を思い出した。

「つかぬことをお伺いいたしますが、ふた月ほど前にこの屋敷に稲荷小僧という盗人が忍び込んだという噂《うわさ》があったそうですね。稲荷小僧の件はほんとうなのですか」

「なぜ、そのようなことを？」

治兵衛は眉根を寄せた。

「そういう噂を耳にしたので、気になりまして」

「噂に過ぎぬ」

「事実ではないと？」

「そうだ」

「安心しました。この後、稲荷小僧が捕まってこれまでの犯行をすべて白状しても、松江藩の名は出ることはありませんね」

「……」

治兵衛が何かを言おうとしたが、すぐ口を閉ざした。新吾は不審を持った。やはり、稲荷小僧のことは……。

新吾がもう一度問いかけようとする前に、治兵衛は大きく手を叩いた。

「お呼びで」

さきほどの家来が襖を開けた。

「ここにお連れを」

「はっ」

家来が下がった。

「どなたかいらっしゃるのですか」

新吾は不審そうにきいた。

「近習医の花村潤斎をそなたに引き合わせようと待たせてある。じつは、花村潤斎がそなたに会いたいと申してな」

そのことは左近から聞いていた。しかし、なぜ、花村潤斎が新吾に会いたいのか。

そもそも、なぜ、新吾を知っているのか。

ひょっとして、幻宗の弟子だからか。狙いは幻宗にあるのかもしれないと思った。

「潤斎さまはどのようなお方なのですか」

左近からは公儀の奥医師の弟子筋に当たると聞かされていた。

「幕府の奥医師桂川甫賢《かつらがわほけん》どのの弟子筋にあたるということだ」

桂川甫賢は大槻玄沢《おおつきげんたく》、宇田川玄随《うだがわげんずい》と並ぶ蘭学の大家であり、桂川家は代々奥医師を世襲している。

奥医師の首席は法印《ほういん》、次席を法眼《ほうげん》というが、桂川甫賢は法眼である。

「では花村潤斎さまは蘭方医で？」

新吾は確かめた。

「そうだ」

治兵衛が答えたとき、

「失礼します」

と声がして、さきほどの家来が襖を開けた。

「潤斎どの、こちらに」

治兵衛が招く。

「はい」

総髪の男が入ってきた。潤斎はまだ三十代半ばぐらいで、鼻筋の通った目の大きな男だった。額が広く、聡明そうな印象だった。

「宇津木新吾どのだ」

治兵衛が言うと、新吾はすぐ名乗った。

「宇津木新吾です」

「そなたが宇津木新吾どのか。花村潤斎です」

潤斎は鷹揚《おうよう》に頭を下げ、

「お会いしたいと思っていました」

と、口元に笑みを浮かべた。

「どうして私のことを？」

新吾は不思議に思った。

「そのことはおいおい」

ひょっとして、高野長英が絡んでいるのではないかと思ったが、口にはしなかった。

「私もご当家は日が浅い。教えを乞うこともあろうかと思いますが、よろしくお願いいたす」

潤斎は腰が低かった。

「こちらこそよろしくお願いいたします」

気難しいお方ではないかと考えていたので、新吾はほっとしていた。

「ご家老」

潤斎は治兵衛に顔を向け、

「新吾どのはしばらく下屋敷に？」

「そうしてもらう」

治兵衛が答える。

「わかりました」

潤斎は答えてから新吾に顔を向け、

「綾さまの療治、頼みましたよ」

「潤斎さまは綾さまの病気をどうお見立てなのでしょうか」

「どこにも異常は見られないのだ」

潤斎は素直に答えた。

「先に見立てをなさった近習医の方にも病状をお伺いしたいのですが」

新吾が頼むと、

「いや、なまじ他人の意見を聞くより、そなたの目で見て確かめたほうがよいと思うが」

「はあ」

「ただ、最初の病状だけは話しておこう」

潤斎は口を開いた。

「腹が痛く、血を吐いたということで、他の近習医どのが見立てをした。胃に潰瘍が出来ていたことがわかり、薬を調合して与えた。すると、十日ほどして潰瘍はなくなったそうだ」

「胃潰瘍だったのですね」

「そうだ。胃潰瘍は治癒したが、綾さまの具合はいっこうによくならなかった。食欲を妨げているものが何なのか、わからないので、わしが駆り出された。だが、原因はわからなかった。その後、どのような療治をするか、手の打ちようがなかった」

「胃潰瘍のあとから食欲がなくなってしまったのですね」

「そうだ。わしは綾さまに掛かりきりにはなれない。そこで、蘭方医であるそなたに掛かりきりで診てもらうことになった」

「では、医師たちに新吾を引き合わせてやってくれぬか」

治兵衛が口にし、

「ふたりとも、よろしく頼むぞ」

と、腰を上げた。

治兵衛を見送ってから、潤斎は新吾に顔を向け、

「では、参ろうか」

と、促した。

新吾は家老屋敷を出て、母家にある近習医と番医師の詰所に向かった。

近習医三人と番医師二人に引き合わされた。やはり、若輩の新吾に対して、皆冷やかであった。蘭方医であるからなおさらなのかもしれない。皆、漢方医だ。

しかし、新参者であり、歳も三十代半ばと比較的若く、さらに蘭方医であるのに、花村潤斎に対しては皆、慇懃《いんぎん》で従順であった。

やはり、潤斎の背後に幕府の奥医師の威光がちらついているのか。花村潤斎と親しくなれば、栄達に何かと有利になると、高見左近が言っていた。皆、それを狙っているのだろうか。

今後、松江藩のお抱え医師は潤斎を中心にまわっていく。そう思わせるに十分な光景であった。果たして潤斎という人物がこれからどう出るのか。新吾にとってどのような存在なのか、まったくわからなかった。

潤斎が番医師の詰所を出たあと、新吾は改めて麻田玉林《あさだぎよくりん》と葉島善行《はじまぜんこう》のふたりの番医師に挨拶をした。平医師のときは親しく言葉をかわすことはなかったが、お互いのことは知っていた。

「宇津木どのは当面、下屋敷に通われるそうだな」

葉島善行が声をかけてきた。三十代半ばで、顔が小さく顎《あご》が尖っている。

「はい。なぜ私が、と腑に落ちないのですが」

「それは自明のことだ」

横合いから、麻田玉林が口を出した。四十年配で顎鬚《あごひげ》を伸ばした熟練の漢方医だ。何度か、屋敷内で顔を合せたことがある。

「自明と仰いますと？」

「いや、これから療治にかかるのに、よけいなことを言っても仕方ない」

「でも」

麻田玉林は綾へ早く挨拶に行ったほうが良いと言った。番医師はもうひとりいるが、きょうは非番だった。

「わかりました」

「せいぜい、お励みになるがよい」

葉島善行は冷笑を浮かべた。

「では、出かけて参ります」

新吾は立ち上がりかけたが、ふと思い出して、

「九月半ば頃、こちらの屋敷に稲荷小僧が忍び込んだという噂を聞いたのですが、どうなんでしょうか」

「なぜ、そのようなことを?」

玉林が眉根を寄せてきいた。

「いえ、ただ噂がほんとうなのかと気になったもので」

「ほんとうだ」

善行がはっきり言った。

「九月半ばだ。朝、門を入ったら、長屋のほうが騒がしかった。盗賊が忍び込んだらしいと話していた」

「奥御殿に侵入したらしい」

玉林も言う。

「いくら盗まれたのでしょうか」

「はっきりはわからぬ。その日の夕方には口外無用というお達しがあった」

「やはり、体面を気にしたのですか」

「それもあるが、殿さまが留守のときに不祥事を起こしたことが責任問題になるのを逃れたかったのではないか」

善行が想像を口にした。

「そうでしたか」

そう応じたが、殿さまが留守のときに不祥事を起こしたことの責任という言葉が新吾の頭に残った。

「宇津木どの。このことは外で言わぬがいい」

玉林が念を押した。

「わかりました。では」

新吾は立ち上がった。

玄関を出て、表長屋の中間部屋に待っていた勘平を呼び、上屋敷を出た。

三

朝方は陽射しがあったが、今は雲に隠れ、風も冷たかった。すっかり葉を落とした柳原の土手の柳が寒そうに立っている。

「雪でも舞いそうですね」

勘平が寒そうに、

「これからどちらに？」

と、きいた。

「下屋敷だ。側室の綾さまの療治を任された」

新吾は説明した。

「では、これからは下屋敷にお通いになるのですか」

「そうなる」

「なぜ、新吾さまが？」

と、きいた。

「なぜ私なのかがよくわからない」

新吾は正直に答える。が、ある思いがしていた。さきほどの葉島善行の言葉に拘っていた。だが、このことは綾の病状を見なければなんともいえない。

向柳原《むこうやなぎはら》から神田川を渡り、柳原通りに出て両国橋《りょうごく》に向かった。

よけいな考えを持たないで患者に接した方がいいという潤斎の言うことにしたがって、綾がどういうところの出で、今幾つで、いつから側室になったかさえもきいていなかった。

前回、藩医として上屋敷に通っていたときも側室のことは頭になかった。

両国橋を渡っていると、川風が冷たく吹きつけた。前方の空はまだ明るいが、西の空は暗くなっていた。

橋を渡り、回向院《えこう》前を通ってそのまま横川に突き当たる。左に折れ、しばらく川沿いを北に向かうと、北中之橋《きたなかのはし》の西詰に差しかかった。

対岸に見えるのが松江藩の下屋敷だ。

橋を渡り、下屋敷の門前に立つ。

門番に、名乗ると、やはりすぐに中に入れてくれた。

上屋敷以上に、下屋敷は広々としていた。ここで、嘉明公は月見の宴や能の鑑賞などを楽しんでいるのだ。そういうときは必ず傍に綾がいるのだ。

反対側の塀際には蔵がいくつか並んでいた。国表から運ばれてきた産物や家臣が食する米などが仕舞ってあるのだろう。

玄関に行くと、三十前後と思える武士が待っていた。小肥りのがっしりした体軀で、浅黒い精悍な顔をしていた。眼光も鋭い。

「番医師の宇津木先生ですね」

武士が確かめる。

「はい。宇津木新吾です」

「私は古森市次郎《ふるもりいちじろう》と申します。どうぞ、お上がりください」

「失礼いたします」

新吾は式台に上がった。勘平も続いた。

古森市次郎は庭伝いの廊下を進み、途中何人かの女中とすれ違い、奥への渡り廊下の手前にある部屋に新吾を招じた。

「どうぞ、こちらで」

新吾はその部屋に入った。

薬箪笥《くすりだんす》があり、薬研《やげん》が置いてあった。

「医師の詰所です。ここを使われよ」

市次郎は言う。

「はい」

新吾は答えてから、

「他に医者はどなたも?」

と、きいた。

「何かあったら上屋敷から来てもらっています」

市次郎は他に医師はいないと話した。

「さっそく、綾さまの療治にかかりたいのですが」

新吾は口にした。

「では、お付きの女中に案内させます。ここでお待ちください」

市次郎は部屋を出て行った。

しばらくして、二十歳《はたち》過ぎと思える女中がやって来た。額が広く、目がくるりとしている。

「綾さま付きのおよしと申します」

「宇津木新吾です。これは薬籠持ちの勘平です」

新吾は挨拶をする。

「では、どうぞ」

およしが招じた。

新吾と勘平はあとに従う。

「綾さまのご様子は？」

新吾はおよしに確かめる。

「相変わらず、食が細く……。いっこうにすぐれないようです」

渡り廊下を進み、奥にある寝所に着いた。

「失礼いたします」

およしは腰を落とし、声をかけて襖を開けた。

若い女が柔らかいふとんの上に体を起こして庭を眺めていた。窶《やつ》れた姿に、新吾は胸がつかえた。障子《しょうじ》が開いているので、冷たい風が入ってくる。

およしがあわてて障子に駆け寄って閉めた。

「綾さま、寒くはありませんか」

「だいじょうぶです」

綾は小さな声で答えてから新吾に目をやった。頰《ほほ》がげっそりし、首も細くなっている。

「この者は？」

「医者にございます」

およしが新吾に目配せをした。

「このたび、番医師としてお仕えすることになりました宇津木新吾と申します」

新吾は名乗った。

「宇津木新吾ですと。以前ここに来たことがありますね。確か、藩医を辞めるということで、殿が……」

藩主嘉明公に別れの宴に招かれて、新吾はここにやって来たことがあった。それは高見左近が新吾の口を封じようとした罠《わな》だった。そのとき、綾には会ったことはないが、同じ屋敷にいたので騒ぎに気づいていたのだ。

「はい」

「そなたが、なぜまた？」

「綾さまの療治のためと、自分では思っています」

「私の療治？」

綾ははかなく笑った。

「無駄ですよ。今まで近習医に診ていただきましたが、どこも悪いところは見つかりませんでした」

力のない声であった。

「私が改めて綾さまの病巣を見つけ出します」

新吾は決意を述べてから、

「さっそくお訊ねいたします。今、どこかに痛みはございますか」

と、切り出した。

「いえ、特にはありません」

「咳《せき》はありますか」

「ありません」

「食事は摂っておられますか」

「いえ、物が喉を通りません」

「いつぐらいからですか」

「ふた月近く前からです」

「三月ほど前に、お腹のあたりに痛みがあったそうにございますが」

「はい。それは治りました」

「胃潰瘍はお心の負担などによって胃の壁に潰瘍が出来ます。その当時、何かございましたか」

「何かとは？」

「綾さまを苦しめる何かです」

「いいえ、何も」

綾はそう言ったあと、

「横になります」

と、疲れたように言った。

すぐに、およしが駆け寄り、横になるのを助けた。

ふとんに寝て、綾は天井《てんじょう》に目を向けた。

「ご自分では気づかぬうちに何かに悩んでいるのではありませんか」

「いいえ。何も」

「お食事が喉を通らないそうですが、喉に痛みは？」

「いえ、ありません」

「無理に喉に流し込んでも痛みは感じないのですね」

「そうです」

「食べられなくなったのはふた月ほど前からだということですね」

「ええ」

「そのときからまったく受け付けなくなったのですか」

「最初は少しは喉を通っていたと思います」

「まったく食べられなくなったのはいつごろからでしょうか」

「さあ、いつだったか」

綾は考え込んだ。

「ひと月ほど前からだと思います」

およしが口を入れた。

「ご無礼かと思いますが、脈をとらせていただいてもよろしいでしょうか」

新吾は綾の顔を覗き込んできいた。顔色は青白い。目にも力がない。美しい顔だちだけに、痛々しい感じだった。

「無用です。診てもらっても何もわからないのですから」

綾は突き放すように言った。

「伏してお願いいたします。脈を」

新吾は膝を進めて言う。

「お断りです」

「なぜでございますか」

「どうせ、診ても何もわかりますまい」

「恐れながら、私も医師であり、患者を目の前にして何もしないというわけにはいきません。ましてや、ご家老から、いえ藩主嘉明公からあなたさまの病を治すように仰せつかったのですからお役目を果たさねばなりません」

新吾は鋭い口調で言う。

「診てもらったと話しておきます。そなたがお役目を疎《おろそ》かにしたとは誰も思いませぬ」

「いけませぬ」

新吾は一歩も引かなかった。

「およし。お引き取りいただいて」

綾は一方的に言う。

「綾さま。いけませぬ。診ていただいてください」

およしが訴えるように言う。

「いつも同じことの繰り返しでしかないでしょう」

急に気弱そうな声になった。

「綾さまは、本気で元気になりたいというお気持ちはお持ちですか」

新吾は強い口調で言う。

「定めに従うだけです」

「食が細いのはどこかにわけがあるはずです。そこを治せば、なんでもおいしくいただけましょう」

綾は虚ろな目を虚空に向けた。

どうも生きようという気力に欠けているようだ。半ば、諦めているのか。

何人かの医師が診断して病巣を見出せなかったというのは体に異常はないのかもしれない。心の病か。

咳はなく、労咳《ろうがい》の兆候も見えない。すると、気うつ症からくるぶらぶら病《やまい》とも言えなくもないが、どうもしっくりこない。

「わかりました。きょうはこのまま引き下がります。明日の朝、また参ります。明日はちゃんと診察をいたします。よろしいですね」

「……」

綾から返事はない。

「失礼しました」

新吾は挨拶して寝所を下がった。

およしが詰所の部屋までついてきた。

「どうなんでしょうか」

およしが心配そうにきく。

「まだ、何とも言えません。なにしろ、診察を拒まれてしまいましたから」

新吾はため息混じりに言う。

「すみません」

「およしさんが謝ることではありません。ちょっと、綾さまについて教えていただきたいことがあるのですが」

新吾は気を取り直して言う。

「わかりました。綾さまのところに顔を出してから戻って参りますので」

そう言い、およしは急いで詰所を出て行った。

新吾は改めて綾の病について考えた。

花村潤斎までが診察して、体に異常は見つからなかったというのはほんとうなのだろう。病巣を見出せなかったのかもしれないが、やはり、心の問題だと考えられる。

ただ、気うつだとしても、それを思わせる症状があるかどうか。

「失礼します」

襖が開いて、およしが入ってきた。

差し向かいになってから、

「綾さまの普段の様子について教えていただきたいのですが」

と、新吾は切り出した。

「はい」

「普段、綾さまはどのように過ごされているのですか」

「ほとんど横になっています」

「気持ちの揺れはいかがですか」

「気持ちの揺れ？」

「急にはしゃいだり、塞ぎ込んだりと、気持ちに揺れ動きはありませんか」

「いえ、そういうことはありません。いつも物静かというより、悲しそうな様子です」

「悲しそうな様子？」

「はい。三月ぐらい前から、ときたま、ぼうっとしていたり、泣いていたり……。先生が仰るとおり、塞ぎ込んでいまして、はしゃいだりはなさっていません」

「綾さまに気うつはないような気がしますが」

「気うつ……」

およしは首を傾げ、

「そのような印象は受けませんでした」

「そうですか。綾さまはまったく物が食べられなくなったのはひと月前だと仰っていましたが」

「ふた月ほど前から、食べたり、食べなかったり。ひと月前からは、ほとんど口に入らないようで。食べられないので、あんなに瘦せられて」

およしは涙ぐんだ。

「最初に血を吐かれたのは胃の腑に潰瘍が出来たからです。その潰瘍は治ったということですが、潰瘍は悩みとか苦しみの負担から出来ることがあります。綾さまを苦しませる何かがあったのではないかと思えますが、心当たりはありませんか」

「いえ」

およしは首を横に振った。

「およしさんは、いつから綾さま付きの女中に？」

「半年前です。それまで、奉公していた女中がやめたので私が上屋敷から選ばれて」

「そうですか。では、綾さまが嘉明公の側室になられた経緯《いきさつ》はわかりませんか」

「おおよそは聞いています」

「話していただけますか。いちおう、知っておきたいのです」

「はい。綾さまは、池之端仲町《いけのはたなかちょう》にある紙問屋『河村屋《かわむら》』の娘さんです。お屋敷に奉公していて殿さまに見初《みそ》められて側室に」

「それはいつのことでしょうか」

「三年前の四月だと伺っております」

「どういう縁で？」

「綾さまも四年前まで上屋敷に奉公していたのです。そのときに殿さまに見初められたそうです」

「いったん奉公を辞めたあとに側室に？」

「そうです。四年前に殿さまがお国に帰るときにお辞めになったそうです。その一年後に殿さまが出府されたとき、側室に」

今、嘉明公は二十八歳だ。二十三歳のときに嘉明公は正室を迎えている。その後、嘉明公は綾を見初めたのかもしれない。

「嘉明公には他に側室は？」

「国表にいらっしゃるそうですが、江戸には綾さまだけです」

正室は江戸にいなければならず、参勤交代で一年置きに帰る国元に側室が必要なのだろうことは想像つくが、江戸には奥方がいるのだ。

「奥方さまとは？」

「特には……」

「反目しているわけではないのですね」

「はい」

奥方が嫉妬から綾を邪険にしているということもなさそうだ。

「綾さまがお屋敷内で窮屈な生き方をなさっているということは？」

「ありません」

「先ほど、申し上げましたが、潰瘍は悩みとか苦しみの負担から出来ることがあります。側室になったことで、悩みが多く、胃に潰瘍が出来たということも考えられます。綾さまはなにか悩んでいるようなことはありませんでしたか」

「いえ。特には……」

およしは首を横に振った。

「わかりました。明日から、綾さまの療治をはじめたいと思います。どうか、あなたからも綾さまに療治を受けるように……」

「もちろんです。あんなにお痩せになって」

およしは心配そうに言った。

新吾は下屋敷を辞去した。

四

竪川《たてかわ》を渡り、新吾は常盤《ときわ》町二丁目の角を曲がり、村松《むらまつ》幻宗の施療院に向かった。

長崎の遊学から帰って、新吾は幻宗に医者としての理想を見て、さらにひととしての度量に惹かれ、弟子入りをした。

新吾は長崎で、オランダ通詞の吉雄耕牛の子息である吉雄権之助《ごんのすけ》に師事した。

幻宗は耕牛の私塾で修業を積んで来ており、師の吉雄権之助とは親しい間柄であったことから、新吾は幻宗と出会ったのである。

長崎の遊学中、新吾は吉雄権之助の計らいで、シーボルトの『鳴滝塾』にも通った。

シーボルトは、ドイツ南部ヴュルツブルグの名門の家に生まれ、ヴュルツブルグ大学で医学・外科・産科の学位をとり、オランダ陸軍外科少佐に任官。

そのシーボルトが出島《でじま》商館医として長崎にやって来たのは七年前の文政六年（一八二三）七月のことだった。二十七歳である。

シーボルトは『鳴滝塾』を作り、週に一度、出島から塾にやって来て医学講義と診療をはじめた。全国から医学・蘭学者が『鳴滝塾』に集まって来た。

長崎にはいくつかの医学塾があったが、その塾生も週に一度、『鳴滝塾』に行き、シーボルトの講義を受けた。

幻宗の施療院は古い平屋だ。軒下に、『蘭方医　村松幻宗』と書かれた札がさがっている。

土間に入ると、通い患者の履物がたくさん並んでいた。

幻宗は患者から一切薬礼《やくれい》をとらないのだ。相手が金持ちでもだ。貧富に関係なく、幻宗の前では患者は皆平等である。

ただで診てくれるのだから、貧しい患者が遠くからもやって来て、いつも控えの間は通い患者でいっぱいだった。

部屋に上がると、医者の助手をし、さらに患者らの面倒を見ているおしんが出てきた。

「先生はまだ療治部屋ですか」

新吾はきいた。

「今、昼餉《ひるげ》をいただいています。どうぞ」

おしんは新吾を幻宗のところまで案内してくれた。

「先生、新吾先生がいらっしゃいました」

おしんが声をかけ、新吾は部屋に入った。幻宗はちょうど昼飯を食べ終えたばかりだった。

幻宗は早飯だ。茶を飲んでいた。

「どうした？　きょうから上屋敷ではなかったか」

幻宗は驚いたように顔を向けた。

「はい。ですが、しばらく本所の下屋敷に通うことになりました」

新吾は事情を説明した。

「側室か」

幻宗も松江藩の藩医だったことがある。藩医をやめたあと、幻宗は何年もかけて全国の山野をまわり、薬草を見つけたという。

「側室の綾さまはかなり痩せ細っておられます。医師に不信を抱いているらしく素直に診察に応じてくれません」

「労咳ではないのだな」

「はい。咳はなく、息苦しさもないようです」

「痩せ細っているとなると、もっとやっかいな腫瘍か」

幻宗は綾の症状に眉を寄せた。

「どこにも痛みはないようです」

「隠れたところに病巣があるか、あるいは別の理由か」

幻宗は厳しい顔をした。

「熱や脈、瞳孔などに異常はないのだな」

「それがまだなのです」

新吾は眉根をよせ、

「療治を拒むのです」

「拒む？」

「なかなか病が回復しないのでいらだっているのかもしれません。自棄《やけ》気味になっているのかとも」

「患者に治そうという気持ちがなければ病は治せぬ。そのためには患者に信頼されねばならぬ」

「はい。綾さまの信頼を得られるように努めます」

医者の力なんて借りねえと強がっていた患者がひとりになって泣いていたことを思い出す。綾も、そうなのかもしれない。

「先生、そのことで何かとご教示をお願い出来ればと」

「うむ。その症状はわしも気になる」

幻宗は手を貸すと約束してくれた。

「ありがとうございます」

新吾は頭を下げたとき、あっと声を上げた。

「どうした？」

幻宗が訝《いぶか》ってきいた。

「いえ、じつは」

もしかして、番医師として招いたのは新吾の後ろにいる幻宗が目当てだったのではないかと思ったのだ。ほんとうは綾を幻宗に診てもらいたかったのではないか。

そのことは口に出さず、

「高野長英さまが江戸に戻られ、麹町で医者を開業しているようです」

と、新吾は別のことを口にした。

「長英は江戸にいるのか。もう、ほとぼりも冷めたであろう。今さら、間宮林蔵も長英を追っても仕方あるまい」

幻宗は冷静に呟いた。

湯呑みの茶を飲み干して、幻宗は腰を上げた。

「これから、帰りに寄らせていただきます」

新吾も立ち上がり、それから医師の棚橋三升《たなはしさんしょう》とおしんに挨拶をして施療院を出た。

通りに出るまでに施療院に向かうひとたちと何人か擦れ違った。皆、寒そうな格好だ。

こんな時期に、単衣《ひとえ》の年寄りもいた。貧しいひとたちだ。

施療院には予備の着物もある。幻宗は病気の予防のためにも衣服を貸し与えている。

新吾は施療院のことでかねてから気になっていることがあった。薬礼をとらず、どうして施療院がやっていけるのか。その元手はどこからきているのか。

小名木《おなぎ》川沿いを大川《おおかわ》に向かいながら、新吾は施療院を支える金の出所に思いを向けた。

新吾は前回、藩医を辞めたあと、乞われて小伝馬町牢屋敷の牢屋医師の代役を務めた。その際、揚がり屋に収容されていた土生玄碩《はぶげんせき》に会った。

土生玄碩は一介の藩医から奥医師まで上り詰めた男だ。白内障《はくないしょう》の施術である穿瞳《せんどう》術《じゅつ》を会得し、眼病を患うひとびとを治して名声は高まり、大名の姫君の重い眼病を治してやったことが江戸中の大評判になった。

それからというもの引きも切らず患者は押しかけ、莫大な財産を築いた。患者の薬礼を無造作に袋に貯め、その重さで床が抜けそうになったというほどだ。大名などにも金を貸しているという。

ひょっとして、幻宗の背後に玄碩がいるのではないかと考えたことがあった。ところが、玄碩はシーボルト事件に連座して投獄された。屋敷、財産は没収されたのだ。しかし、それでも幻宗の施療院には変わりがなかった。幻宗の金主《きんしゅ》は玄碩ではなかったのだと思った。

ところが、玄碩は捕縛の前に財産をどこかに隠していたらしく、その後も家族は悠悠と暮らし、牢にいる玄碩には高価な差し入れがあった。

やはり、幻宗の後ろ楯は玄碩かと思い直したが、いくら隠し財産があるにしろ、牢内にいる玄碩が幻宗の施療院に金を出すとは思えず、この考えを引っ込めざるを得なかった。

その後、新吾は幻宗が全国の山野を巡って薬草を収集していたことから、どこぞに薬草園を持っているのではないかと思った。ここで栽培された薬草を売った儲けを施療院に注ぎ込んでいるのではないか。

しかし、公儀隠密の間宮林蔵は否定した。幻宗が薬草園を持っているにしてもかなり大勢の者が携《たずさ》わっていないと薬草を育てていくのは難しいと、新吾の考えを否定した。いずれにしろ、幻宗がどこかで薬草園を開いていようが、薬草園だけで施療院を守っていく儲けを得られるかは疑問だった。

そういう経緯もあり、新吾は揚がり屋にいる玄碩に近づいた。そして、幻宗のことをきいたとき、玄碩はこう言った。

幻宗は南蛮に渡ってケシの種子を手に入れてどこかで栽培しているのではないかと。

幻宗は紀伊《きい》の医者華岡青洲《はなおかせいしゅう》が作った『通仙散《つうせんさん》』という麻酔剤の製法の教えを請《こ》いに紀州《きしゅう》まで行っている。幻宗は南蛮にも行って薬草を求めてきたのか。その中にケシの実もあった。

ケシが高値で売れるのだろうか。

そんなことを考えながら、小名木川から離れ、佐賀町《さが》に入ったとき、南町定町廻り同心笹本康平《ささもとこうへい》から手札をもらっている岡っ引きの伊根吉《いねきち》と手下《てか》の米次《よねじ》が川っぷちの草むらから通りに出てきた。川っぷちには数人の男がいた。その中に、同心の笹本康平の顔が見えた。何かあったらしい。

「伊根吉親分」

新吾は声をかけた。

「宇津木先生」

伊根吉は会釈をした。三十過ぎの苦み走った顔だちの男だ。

「幻宗先生のところからのお帰りですか」

「ええ、まあ」

松江藩の下屋敷に通うことになったとわざわざ言うこともなかった。

「何があったのですか」

新吾は川っぷちに目をやってきいた。

「刃物で刺された死体が草むらから見つかったんです」

伊根吉が答えた。

「遊び人ふうの男です。殺されて、だいぶ経っています。おそらく、刺されたのは昨夜でしょう」

伊根吉が言ってから、

「そうだ。ちょっとホトケを見ていただくことは出来ませんか。死んでどのくらい経っているか診ていただきたいんですが」

「いいですよ」

新吾は応じた。

「ちょっとお待ちください。旦那にきいてきます」

伊根吉は再び草むらを分け入り、笹本康平のところに行った。

伊根吉が何か言うと、笹本康平はこちらに顔を向けて頷いた。伊根吉がやって来た。

「じゃあ、お願い出来ますか」

「わかりました」

新吾は勘平を待たせ、伊根吉のあとについて行った。

三十前の男が仰向けに倒れていた。顎が尖って、鋭い顔つきだ。新吾はホトケの前にしゃがんだ。そして、手を合わせてから傷を検めた。

脇腹や胸が黒ずんでいた。細面の顔は土気色《つちけいろ》で、頬にも傷があったが、これは以前に出来たものだ。

冬の凍てついた季節なので死体の腐敗はそれほどでもない。死後硬直、血の乾き具合などから死んで半日以上経っている。

「殺されたのは昨夜の五つ（午後八時）から九つ（午前零時）の間です」

新吾は告げて、さらに続けた。

「最初に脇腹を、そのあとに心ノ臓を刺されています。頬の傷は前からあったものです。それも、半月以上前に出来た傷のようです」

「半月前？　どういうことだ？」

笹本康平が首を傾げた。

新吾は袖をまくった。すると、そこにも傷があった。これも半月以上前のもののようだ。

新吾はその傷を見せて、

「おそらく、この男は半月以上前にも襲われていたのではないでしょうか」

「なに、半月以上前にも襲われた？」

「そのときは辛くも逃げ延びたのでしょうが、昨夜はとうとう……」

新吾は痛ましげに言う。

「ともかく、ホトケの身許だ。顎が尖って、頬に傷がある男を捜すのだ」

笹本康平はホトケの顔を見て言う。

「わかりました」

伊根吉が言う。

「他に何か」

笹本康平がきく。

「心ノ臓の傷ですが、まっすぐに刃が突き刺さっています。相手が動いていたら、このようにうまく刺せないはずです」

「ということは、仰向けに倒れたところを上から刺したということか」

「というより、ひとりが背後から羽交い締めにし、そこをもうひとりが刺したのではないでしょうか」

「下手人はふたり組?」

伊根吉が口をはさむ。

「はい。少なくともふたりはいたと思われます」

「うむ」

笹本康平は唸った。

「では、私は」

新吾は挨拶をして引き上げようとした。

「ごくろうだった」

笹本康平が礼を言う。

「宇津木先生、ありがとうございました」

伊根吉も頭を下げた。

新吾は草むらを抜けて勘平のところに戻った。

「どんな男ですか」

勘平が顔をしかめてきいた。

「二十七、八の遊び人ふうの男だ」

「物騒ですね」

勘平がやりきれないように言う。

新吾と勘平は佐賀町を抜けて永代《えいたい》橋を渡って小舟町に向かった。我が家に近づくと、患者が外で三人ほど並んでいた。寒さに体を震わせているのを見て、新吾は胸が痛んだ。

お抱え医師の看板の効き目はてきめんで、初日だというのにもうこのような盛況だ。幻宗の施療院のようにただというわけにはいかないが、それでも薬礼は安い。不本意ながら、その分、富裕な患者からはそれなりに受け取る。

富裕な患者は皆往診だ。ここに通ってくるのはお金に余裕のない患者である。

「すぐ中に入っていただきますから」

新吾は三人に声をかけて裏口にまわった。

「おかえりなさい」

香保が出てきた。

「そとに患者が待っているな」

「ええ、寒いから土間に入るように言ったのですけど、土間にも患者さんが待っているので」

香保が困ったように言う。

新吾はすぐに手を洗い、療治部屋に向かう。

「義父上《ちちうえ》は？」

「往診に出かけています」

順庵は大伝馬《おおでんま》町の大店まで往診に出かけ、若い医師がひとりで療治に当たっていた。

さっそく、大店からの往診の依頼があったようだ。順庵は嬉々として出かけていったのであろう。

新吾もすぐに療治にかかった。

夕方近くになって順庵も帰ってきて、三人になって療治も捗《はかど》り、暮六つ（午後六時）の鐘が鳴るまでにすべての患者の治療を終えた。

夕餉《ゆうげ》に酒を呑みはじめた順庵は機嫌がよかった。大店からの往診の依頼に大いに満足しているようだ。

「お抱え医師といっても今度は番医師だからな。わしも鼻が高い」

順庵は目尻を下げた。

「義父上、いつまた私は辞めさせられるかもしれません。あまり、はしゃぎ過ぎるとしっぺ返しに遭うかもしれません」

「高見左近どのが三顧《さんこ》の礼で迎えたのだ。そなたさえ何事にも辛抱してくれたらいいこと。前のようなことはない」

順庵は釘を刺すように言う。

しかし、嘉明公と高見左近は世継ぎの問題に関わる企みを知った新吾の口を封じようとしたことがあるのだ。幻宗が駆け付けて事なきを得たが、左近はそのことについて一言も触れていない。まるで、なかったこととして新吾に近づいてきた。

「やはり、新吾にすべてをかけたわしの目に狂いはなかった」

酒を呷《あお》って、順庵はしみじみ言う。

新吾は七十俵五人扶持《ぶち》の御徒衆《おかちしゆう》田川源之進《たがわげんのしん》の三男であった。いわゆる部屋住《へやずみ》で、家督は長兄が継ぎ、次兄は他の直参に養子に行った。

新吾は幼少のときより剣術と同様に学問好きであった。宇津木順庵に可愛がられ、十二年前に乞われて養子になった。蘭学に興味を持ちはじめていて、宇津木家に行けば、蘭学の勉強が出来るという期待もあった。事実、義父順庵は新吾を長崎に遊学させてくれたのだ。だが、実際は香保の父、当時は幕府の表御番《おもてごばん》医であった上島漠泉《うえしまばくせん》が遊学の掛かりを出していたことがわかった。

だが、その漠泉も今は表御番医の座を剝奪され、三ノ輪《みのわ》で町医として細々《ほそぼそ》と暮らしている。

「これで、香保が質屋通いをせずに済む」

順庵が顔をしかめて、

「大事な着物や簪《かんざし》などがだいぶなくなった」

「そのことは申し訳なく思っています」

新吾は詫びた。

「いえ、私には不要なものでしたから」

香保は微笑《ほほえ》んだ。

「なあに、これから稼いで、着物を請け出せばいい」

順庵は豪気に言った。

「すまない。苦労かけて」

新吾は香保は頭を下げた。

「苦労だなんって思っていませんよ」

香保は明るく言う。

父親の漠泉が表御番医だったころは女だてらに料理屋で芸者を挙げたり、遊び呆けていたように見せていたが、じつの香保は芯のしっかりした女であった。貧しい暮らしにも動じない姿に、新吾は胸が痛んだ。

新吾が再び松江藩の藩医になったのにはある思いがあったことは否定出来ない。お抱え医師の看板を出せば、富裕な患者が増え、実入りもよくなるということも大きい。金が入れば、家を増築し、通い患者を外で待たせるようなこともなくなる。また、花村潤斎に働きかけ、香保の父上島漠泉の復職を願い出るという計算もあった。

部屋に戻ってから、新吾は改めて香保に詫びた。

「これから、そなたのことにも思いを向ける」

名声や富はいらない。貧しい患者の力になりたいという自分の思いを第一に考え、もっとも身近な者の気持ちを考えなかった。

「いやですよ。私は新吾さまを陰で支えていくのが務めであり、それが私の仕合《しあ》わせだと思っています」

「すまない」

新吾は香保の肩を抱き寄せた。

五

翌朝、新吾は薬籠持ちの勘平と共に両国橋を渡り、横川に面してある松江藩の下屋敷に赴いた。

きょうは古森市次郎を通さず、まっすぐに医師の詰所に入り、およしが迎えにくるのを待った。

「広いのにずいぶん静かでございますね」

勘平が口を開いた。

「ここは別荘のようなものだからな。それに、今は江戸在府のご家来だけだ。嘉明公が出府された折はこちらも賑やかになる」

廊下に足音が聞こえた。

およしの声がして襖が開いた。

「綾さまがよろしいようです」

「では」

新吾は立ち上がった。薬籠を持って、勘平もついてくる。

奥の部屋に行くと、綾はふとんに横たわっていた。

「失礼いたします」

新吾はふとんに近付き、

「きょうは診察をさせていただきます」

と、はっきりと告げた。

「どうせ、無駄だと思いますけど」

綾は冷たく言う、

「では」

その声を聞き流し、新吾は枕元に近付く。顔色や目の奥を覗き、唇の色を診てから、

「脈をとらせていただきます。腕を」

と、声をかける。

綾は素直に腕を出した。

「失礼いたします」

新吾は自分の手のひらに綾の手を載せ、右手で綾の手首を押さえた。

「ありがとうございました」

手を返してから、

「朝餉はお召し上がりに？」

「少し」

綾が答える。およしを見ると、微かに首を横に振った。

「少し腹部を触ります」

「やめてください。若い殿御《とのご》が触れるとは」

綾は拒んだ。

「私は医師です」

新吾がきっぱりと言う。

綾は嫌がったが、新吾は構わず夜着をどけるようにおよしに頼んだ。およしは綾に声をかけ、夜着をどけた。

「失礼します」

新吾は寝間着の上から胃の腑の辺りを触った。軽く押しながら周辺に手をはわした。

その間、綾は目を閉じていた。

「痛くはありませんか」

新吾は指先で押しながらきいた。

「いえ」

胃に何も入っていないからか押すと腹が窪んだ。

「失礼しました」

新吾は手を引っ込めた。

「何かわかりましたか」

綾がきいた。

「いえ、まだ」

「ほんとうのことを仰ってくださって結構ですよ」

綾は力のない声で言う。

「もう少し調べないと詳しいことはわかりません」

「まだ、何を調べるというのですか」

「尿をとらせてください」

「尿ですって」

綾が目を剝《む》いた。

「ええ、尿から異変を察することが出来ます」

「お断りします」

綾は声を震わせた。

「お殿さまが出府なさるまでにお元気になっていただきたいのです。そのためにも尿を調べ……」

「そこまでするならもう療治は結構です」

「……」

幻宗の言葉が脳裏を掠めた。患者に治そうという気持ちがなければ病は治せぬ。そのためには患者に信頼されねばならぬ。

綾は心も閉ざすように目を閉じた。綾に病を治そうという気持ちがあるのだろうかという疑問を抱いた。

「宇津木先生」

およしが声をかけた。

「綾さまはお疲れのご様子」

「そうですか」

新吾はため息をついた。

「あとで滋養のための薬を調合しておきます」

新吾はそう言い、綾の寝所から引き上げた。

新吾は重たい足取りで詰所に戻った。

「先生、どうなんでしょうか」

およしが心配そうにきいた。

「まだわからないのです。尿を調べたいのですが」

新吾は困惑して言う。

「尿を調べれば、何かわかるのですか」

およしは念を押してきいた。

「おそらく、何も異常は見られないかもしれません」

「それではやっても無駄ではありませんか」

およしが疑問を呈する。

「何も異常が見られないことがわかれば……」

新吾は次の言葉を呑んだ。

「どういうことですか」

「一通りの所見ではどこにも悪いところは見当たりませんでした」

瘦せていっていることで腫瘍を疑ったが、腹部に痼《しこり》はないようだった。もっと胃の深部、あるいは別の箇所に腫瘍が出来ているとも考えたが、あれほど瘦せさらばえていることから痛みがないのはおかしい。

あるいは別の部位に問題があるのか。しかし、今の医術ではそこまで診断は出来ない。幻宗の口癖のように、医術はまだまだ病気の前には無力だ。

そうだとしても、綾の症状は妙だ。特異な部位の病とは考えにくい。

「昨日もおききしたことですが、綾さまは何かに悩んでいるようなことはなかったのですね」

新吾は改めてきいた。

「さあ、私にはわかりません。私の前ではそんな素振りを見せませんでしたから。綾さまから悩みがあるということを聞いたことはありません。しいていえば」

およしは一瞬のためらいを見せた後、

「お殿さまのことでしょうか。御家のことで、いろいろなことがありました。そのことで、お心を痛めておりました」

後継ぎを巡っての御家騒動のことだろう。

「上屋敷での騒ぎはここまで漏れ伝わってきたのですね」

「はい」

「お殿さまとの関係はいかがでしょうか」

「お殿さまは綾さまをたいそう大事になさっています。綾さまもありがたいことだと仰っておりました」

およしはきっぱりと言った。

「そうですか」

「綾さまに何か悩みがあるとお考えですか」

およしが不安そうにきく。

「まだ、はっきりしません。ただ、潰瘍については治っているようですし、他に悪いところが見当たりません。それなのに食欲がないのはお心に問題があることも考えられます」

新吾は慎重に口にした。

「お心ですか」

このまま食事が十分に摂れなければ、やがて衰弱し、起き上がれなくなり、死に至る。それより、このような状態のときに他の病気、たとえば風邪にでも罹ればたちまち重篤《じゅうとく》になる。

尿の検査をし、異常がなければ、いよいよ心の問題として向き合おうとしていたのだ。しかし、尿の検査を拒まれた。

「お心の問題だとすると、どうなりましょうか」

およしが恐る恐るきいた。

「かえって厄介《やっかい》かもしれません」

「厄介？」

「あとで、もう一度綾さまにお会いしたいのですが。いえ、今度は診察ではなく、少しお話をしたいだけです」

「話ですか」

「綾さまが何に悩んでいるか、手掛かりが得られればと思っています。ご都合をきいてきてくださいませんか」

「お断りなさると思いますが」

およしが遠慮がちに言う。

「今のままでは極めて危険です」

「危険？　命に関わると？」

「そうです。へたしたら、もう二度と嘉明公にお目にかかれないかもしれません」

今度の出府は来年の四月だ。そこまで持たないかもしれない、と新吾は危惧を示した。

半ば脅しではなく言う。

「ほんとうですか」

およしは目を見開いた。

「わかりました。今、きいてまいります」

およしはあわてたように立ち上がり、部屋を飛び出して行った。およしはまるで実の妹のように親身になっているようだった。

隠れたところに病巣があるとしたら厄介だが、心の病だとするとより深刻だった。しばらくは両面から調べてみなければならない。

およしはなかなか戻ってこなかった。綾は寝入っているのかもしれない。

やがて、およしが戻ってきて、

「きょうは口をきくのも億劫《おっくう》なので後日にして欲しいとのことです」

「そうですか」

新吾は落胆したが、

「綾さまに、ご実家からお見舞いにこられるのでしょうか」

と、気を取り直してきいた。

「お見えになりました」

「親御どのもさぞ心配していたでしょうね」

「はい。綾さまを見て愕然《がくぜん》となさっていました。窶れた姿に、かなり気落ちなさっておいでででした」

「そうでしょうね」

親御どのから話を聞いてみたいと、新吾は思った。

「綾さまのご実家は池之端仲町にある『河村屋』でしたね」

「そうです。『河村屋』さんは、綾さまがご側室になられて、藩の御用達になったということです」

「そうですか。もう、用もありませんので、これで」

新吾は立ち上がった。

玄関に向かうと、ちょうど古森市次郎と出会った。

「お帰りか」

市次郎が声をかけてきた。

「はい」

「綾さまはいかがか」

「それが、まだ私は信用されていないのか、十分な診察が出来ない状態です」

「私は高見左近さまから綾さまをお守りするように重々に頼まれているのです。食事も出来ず、どんどん窶れていく綾さまを見ているのは忍びない。何とか治してもらいたい」

市次郎は暗い顔をして訴える。

「普段、綾さまのご様子に変わったことはありませんか」

「変わったこと？」

「何かに悩んでいるようなことは？」

「特に感じたことはないが……」

「そうですか」

「何を気にしておられる？」

「まだ、はっきりしたわけではありませんが、綾さまは深い苦悩を抱えているのではないかと思ったのですが」

「苦悩……」

「いえ、私の想像に過ぎません。さきほども申しましたように、まだ十分な診察が出来ていない状態ですので」

「なんとかしていただきたい。頼みます」

市次郎は頭を下げた。

「私なりに最善を尽くします」

新吾はそう言い、挨拶をして玄関を出た。

陽は高く上り、下屋敷の庭に日溜まりが出来ていて、植木職人が松の枝に上っていた。

第二章　心の病

一

翌朝、新吾は池之端仲町の綾の実家に足を向けた。

漆喰《しっくい》の土蔵造りの紙問屋『河村屋』は間口が広く、土間に続く店畳にも客がたくさんいた。武士の姿も目に入った。

番頭らしい男が近づいてきたので、新吾から名乗った。

「松江藩の藩医で、宇津木新吾と申します。ご主人にお会いしたいのですが」

「ひょっとして、お嬢さまの……。少々、お待ちください」

番頭はすぐに察し、店の奥に向かった。

しばらくして、番頭といっしょに女中がやって来た。

「この者に案内させます」

番頭は女中に引き合わせた。

「どうぞ、こちらから」

女中は店畳の端から上がるように言い、奥に向かった。新吾はあとに従う。

内庭に面した部屋に通されて待っていると、鬢《びん》に白いものが目立つ五十近い男がやって来た。

新吾の前に腰を下ろし、

「主人の次郎兵衛《じろべえ》です」

と、頭を下げた。

「松江藩藩医の宇津木新吾です。突然、押しかけて申し訳ありません」

新吾は名乗った。

「綾のことですね」

次郎兵衛は暗い顔できいた。

「はい」

「いよいよいけませんか」

次郎兵衛は喉を詰まらせた。

「いえ。今度、私が綾さまの療治をすることになりましたので、いろいろお聞きしておきたいと思いまして」

新吾は穏やかに言う。

「では、まだ……」

まだ生きているのかと言いたいらしい。

匙《さじ》を投げたような言い方に、新吾は不審を持った。新吾の顔色を察したのか、次郎兵衛はあわてて、

「これまでの近習医のお方が治る見込みはないと仰ったそうにございます。私も窶れた娘を見て、見込みはないものと……」

「近習医どのがそう言ったのですか」

新吾は耳を疑った。

「はい。覚悟をしておくようにと仰ったようでございます」

そんなに早く匙を投げるなんてと、新吾は憤然《ふんぜん》とした。

「確かに今は病巣がわかりませんが、それさえわかれば回復出来ます」

新吾は声を強めた。

「ほんとうですか」

次郎兵衛は目を輝かせた。

「はい。そのために、いろいろ教えていただきたいことがあるのです」

「なんでしょうか」

「三月ほど前、綾さまは胃の腑に潰瘍が出来、それが切れて血を吐いたそうですね」

「はい、知らせを聞いて驚きました」

「なぜ、潰瘍が出来たのか。そのころ、悩ませる何かがあったのではないかと推察するのですが」

「……」

「ご家族の中に何か問題が起きたということはありませんか」

新吾はさらに追及する。

「いえ、ありません。私に家内、綾の兄次郎吉《じろきち》、妹のおふみも大事はありません」

「そうですか。他に何か心当たりは？」

「いえ」

そのとき、次郎兵衛は何かを思い出したのか微かに眉を寄せた。しかし、口を開こうとはしなかった。

そのことを気に留めながら新吾はきいた。

「綾さまが胃の腑がきりきり痛むと訴えるようなことはなかったのでしょうか」

「何もありません」

次郎兵衛は否定してから、

「なぜ、そのようなことを？」

と、不安そうにきいた。

「心の中の深い苦しみが、綾さまの体を蝕《むしば》んでいるのではないかと考えたのです」

「……」

「どんな些細なことでも構いません。お気づきのことがあったら話していただけませんか。気になることはすべて洗い出しておきたいのです」

「いえ、なにも」

次郎兵衛は首を横に振った。

「そうですか」

新吾は口調を改め、

「ところで、綾さまはどういう経緯で嘉明公の側室になられたのですか」

と、切り出した。

「五年前から一年ほど、行儀見習いに松江藩にお屋敷奉公させたのです。そうしたら、嘉明公に見初められました」

「屋敷奉公をしているときに、その話が？」

「いえ、奉公を辞めて半年ほど経って、側室の話が持ち込まれたのです」

「どなたから？」

「高見左近さまからです。ここに訪ねてこられ、嘉明公が側室に望まれていると」

次郎兵衛は話した。

「綾さまはすぐに承知をなさったのですか」

「いえ」

次郎兵衛は首を横に振った。

「やはり、側室ということに素直に従えなかったのでしょうか」

あるいは、嘉明公に対しても好意を抱いていなかった。そのことが心の負担になったのではないか。

「じつは、その頃、縁組の話が進んでいたのです。お屋敷奉公を辞めたのもその話が出ていたので」

「縁組の相手は？」

「日本橋馬喰《ばくろ》町にある足袋《たび》問屋『山城屋《やましろ》』の若旦那、磯太郎《いそたろう》さんです」

「では、側室の話は最初はお断りを？」

「ええ、まあ」

「それなのに側室を選んだのはどうしてなのでしょうか」

「それは……」

次郎兵衛は言いよどんだ。

「あなたが、強く勧めたからですね」

新吾はやりきれないように言った。綾は犠牲になったのだ。

「そうなのですね」

「はい」

返事まで間があった。

左近は藩御用達にするという餌で釣ったのであろう。事実、綾が側室になって『河村屋』は松江藩御用達になったのだ。

「綾さまはすんなり応じたのですか」

「少し迷っていましたが、最後は承諾しました」

心を決めるまでにかなりの葛藤《かっとう》があったのではないか。このことが綾の心に深い傷となって残っていたのではないか。

「それが三年ほど前ですか」

「そうです」

「縁組を断ったことで、『山城屋』との仲は？」

「大名の側室に望まれ、断りきれなかったと言い訳をしてなんとか」

「でも、『山城屋』の若旦那はなかなか納得出来るものではなかったのでは？」

「ええ。半年前に嫁をもらいました」

「半年前……」

新吾は頭の中で計算した。

綾が血を吐いたのは三月前だ。さらにその三月前に『山城屋』の若旦那が嫁をもらった。このことが綾を苦しめていたのだろうか。

「綾さまはその若旦那のことをどう思っていたのでしょうか」

新吾は確かめる。

「綾は『山城屋』の若旦那が嫁をもらったことで、安心したようです。自分が裏切った形になっていましたから」

次郎兵衛は真顔で言う。

「でも、気にしていたことは間違いないのですね」

このことが胸の深部に突き刺さっていたのだろうか。『山城屋』の若旦那と別れたあとも思いが募り、半年前に嫁をもらったと聞いてなおさら苦しみ出した。そして、胃の腑に潰瘍が出来た……。

その後、医師の療治によって潰瘍は治ったが、気うつの症状は持続して綾を苦しめている。そう考えてみたが、今ひとつ腑に落ちなかった。

そこまで、若旦那への思いを引きずるだろうか。

やはり、どこかに病が潜んでいるのか。

「お見舞いには行かれますか」

新吾はきいた。

「一度だけ」

次郎兵衛は首を横に振った。

「一度だけですか。なぜでしょうか」

「嫌がるからです」

「嫌がる？」

「私の顔を見たくないのでしょう」

御用達商人になるために自分を売ったと、綾は次郎兵衛をそう見ているのかもしれない。

「妹のおふみさんはどちらに？」

新吾は念のためにきいた。

「浅草田原町《あさくさたわら》の『富田屋《とみた》』という鼻緒《はなお》問屋に嫁いでいます」

「おふみさんは姉のお見舞いには？」

「嫁ぎ先からなかなか暇をもらえないので、行っていないと思います」

「そうですか」

妹なら、姉から素直な気持ちを聞いているかもしれないと思ったのだが、最近は会っていないようだ。

「旦那さま」

襖の外で声がした。

「お見えです」

番頭が呼びにきたのだ。

「すぐ行く」

次郎兵衛は答えてから新吾に顔を向け、

「お客がいらっしゃいましたので」

と、話の切り上げを口にした。

「長々とすみませんでした」

新吾は詫びる。

「宇津木先生、どうか綾を助けてやってください」

「はい。必ず、治します」

新吾は自分に言い聞かせるように言った。


一刻（二時間）後、新吾は下屋敷の綾の寝所にいた。

食欲がないのだから、体のどこかに病が隠れているはずだ。だが、咳はない。顔色も労咳のような白さではない。

腹部に腫瘍が出来ていれば嘔吐もあるはずだが、それもない。

きのうと同じように顔色を見、脈をとったあとで、

「また、腹部を診させてください」

と、新吾は口にした。

相手が医者であっても、若い男に肌を見られたり触られたりするのは嫌だと思うので、新吾はわざといかめしい顔で言う。

新吾はおよしに目顔《めがお》で言うと、およしがすぐ夜着をめくった。

「失礼します」

新吾は綾の胃の腑の下に手を当てた。前回、気づかなかったかもしれないので、きょうは丹念に押していった。

幻宗の施療院で、膵臓《すいぞう》に腫瘍が出来た患者を見た。膵臓に出来た癌は悪くなるまで痛みがないのだ。

綾の腹部は膨らんでおらず、膵臓に腫瘍が出来ている様子はなかった。

新吾は手を引っ込め、

「ごくろうさまでした。もう、結構です」

と、およしに顔を向けた。

およしはすぐに綾の寝間着を整え、夜着を元通りに掛けなおした。

「体のどこかに痛みや、違和感のようなものはありませんか」

新吾は改めて綾にきいた。

「いえ、特には」

綾は沈んだ声で答える。

やはり、心の問題かもしれない、心配事や悩み事で胸が一杯で食欲を感じないのか。

しかし、感情の乱れは見られないのだ。

「夜は眠れますか」

新吾はきく。

「昼間もうつらうつらしているので、夜は寝つけません」

綾は辛そうに言う。

「空腹を感じますか」

「……」

「いかがでしょうか」

「感じます。でも……」

「でも、食べられないのですね」

「はい」

「今朝、綾さまの実家に寄ってまいりました」

新吾が切り出すと、綾は眉根を寄せた。

「なんのためにですか」

咎めるような口調だ。

「綾さまの治療のためです」

「実家に行って何がわかると言うのですか」

綾の苦情を受け流し、

「綾さまのお体のどこにも異常は見出せません。唯一、物が食べられないことです。これは、心の問題かもしれません」

「……」

「その手掛かりを掴むためにお父上さまにお会いしてきました」

「そこまでするのですか」

「はい。これも綾さまに元気になっていただきたいからです」

「……」

「三年前、『山城屋』の若旦那との縁組の話が進んでいたそうですね」

新吾は口にした。

「……」

綾は苦い顔をした。

「それなのに、側室の話が出たのですね」

「そのような話、そなたには関わりありません」

「お聞きください」

新吾は鋭く頼んだ。

「三月前、綾さまは胃に潰瘍が出来ました。かなりの悩みがあったのではないかと推察されます。いかがですか。ひとりで苦しんできたのではありませんか」

「……」

「半年前に『山城屋』の若旦那は嫁をもらったということです。このことが、綾さまの悩みの一因ではないかと」

「見当違いです」

綾はきっぱりと言う。

「確かに、『山城屋』の若旦那との縁組の話は出ていました。でも、それは先方から一方的に申し入れがあったのであって、私はその話に乗り気ではありませんでした」

「その気ではなかったのですか」

新吾は思わずきき返した。

「父がお店のことを考えて私を『山城屋』に嫁がせようとしていたのです。それなのに、松江の殿さまの側室の話が出たとたん、父は側室のほうに乗り換えたのです。御用達になるほうを選んだのです」

綾は口元を歪めた。

「では、『山城屋』の若旦那が嫁をもらったことは……」

「私には関わりないことです」

綾ははっきり言った。

嘘をついているように思えず、新吾は戸惑った。

「しかし、そのことで何か思い悩むことはあったのではありませんか」

「いえ、何も」

綾は否定した。

「そうですか」

「自分の体のことは自分でわかります。医師の方々が調べてもわからないのは、それが私の定めというものでしょう」

綾は悟ったように言い、

「そなたも私のことで気に病むことはありません」

「いえ、どこまでも最善を尽くすのは医師として当然のことです」

新吾は今後も診察を続けていくと言い、綾の部屋から下がった。

その後、ここまでの様子を報告するために上屋敷に向かった。

二

両国橋を渡り、柳原の土手に向かう途中、新吾は浅草御門のほうからやって来た南町定町廻り同心の津久井半兵衛と岡っ引きの升吉に会った。

「升吉親分」

ふたりに挨拶をしたあと、新吾は升吉に声をかけた。

「先日、頼まれたことですが、やはり盗賊に入られたのはほんとうのようです。ただ、盗まれた額はわかりません。やはり、口外無用というお達しがあったそうです」

新吾は麻田玉林から聞いた話をした。

「宇津木先生、あっしの頼みを覚えていてくださったんですか」

升吉が驚いたように言う。

「もちろんです」

「それはどうも」

升吉は頭をかいた。

「宇津木先生、申し訳ありません」

半兵衛が口をはさんだ。

「じつは、上屋敷出入りの商人からも盗人が入ったという話を聞いていたので、わざわざ宇津木先生にそのようなお願いをするまでもなかったんです」

「それで、私に確かめにこなかったのですか」

新吾はすぐに升吉が自分の前に現われなかったわけを察した。

「すみません。お騒がせしました」

升吉が頭を下げる。

「いえ」

新吾はかえってほっとした。いくら盗賊の探索のためとはいえ、上屋敷の秘密を外にもらすことに後ろめたい気持ちになっていたのだ。

「で、稲荷小僧の探索はいかがですか」

新吾はきいた。

「まだ、動きはありません」

升吉が答える。

「奉行所は各お屋敷に注意を呼びかけ、被害に遭ったら届けるように頼んでいるのですが、中には体面を慮《おもんぱか》って黙っている藩も多いので、実の被害がどのくらいあるかわからないのです」

半兵衛が苦い顔で言った。

「稲荷小僧は中屋敷か下屋敷を主に狙っていたそうですね。それが、なぜ上屋敷を狙ったのでしょうか」

新吾は疑問を口にした。

「はっきりはわかりませんが、上屋敷に忍び込まれることは恥だと考え、隠しているのではないか。実際には上屋敷の被害もそこそこあるのかもしれません」

半兵衛が自分の考えを口にした。

「なるほど」

新吾は頷いた。

「では」

半兵衛と升吉は擦れ違って行った。

新吾は上屋敷に急いだ。

新吾は上屋敷に戻り、家老への取次ぎを頼んでから番医師の詰所に入った。

麻田玉林が茶を飲んでいた。

「失礼します」

新吾は挨拶をして、玉林から少し離れた場所に腰を下ろした。

「綾さまはいかがかな」

湯呑みを持ったまま、玉林がきく。

「まだ、何もわかりません」

「ごくろうなことだ」

玉林は茶をすすった。

「宇津木先生」

と襖が開いて、さきほど取次ぎを頼んだ若い武士が顔を出した。

「ご家老がお目にかかるそうです」

「では、行ってきます」

玉林に挨拶をし、立ち上がった。

家老の部屋に行くと、宇部治兵衛は文机《ふづくえ》の前に座り、書類を見ていた。

「失礼します」

新吾は声をかけ、部屋の真ん中近くに腰を下ろした。

書類を閉じてから、治兵衛は腰を上げた。

新吾の目の前に座り、

「ごくろう。いかがだ？」

と、治兵衛がきいた。

「申し訳ありません。未だに原因はわかりません。食欲がないわけが体の不調なのか、気うつなのか、まだしかとは……」

「そうか」

治兵衛は暗い顔をし、

「そなたの考えは？」

と、きいた。

「私は心の病ではないかと思っているのですが、それにしては綾さまにそのような様子はありません」

新吾は戸惑いながら言う。

「心の病と思われる様子はないということか」

「はい。感情の起伏が激しく、情緒が不安定ということはないようです。ただ、落ち着いているときに私が会っているだけかもしれないのですが。お付きの女中の話では、ひとりでいるときは激しく沈んでいるということですので、まだ心の問題も捨てきれません」

「綾さまは何かに悩んでいるのか」

「いえ、悩みはないと仰っています。それが事実なら、自分では悩みに気づかず、心の奥底で何かに苦悩している。そういうことかもしれません」

「心の奥底の問題だと言うのか」

「はい」

「そなたの見立てが合っているとしたら、なんとも厄介ではないか。まるで、綾さまがふたりいて、ひとりは悩みがないが、もうひとりは苦悶している」

「まさに、その通りにございます。始末が悪いのは苦悶のために食欲がないことです。そのために、どんどん窶れ、滋養もとれず……」

新吾はあとの言葉を呑んだ。

「やはり」

治兵衛は厳しい顔を向け、

「殿が出府されるまで持たぬか」

と、きいた。

「えっ？」

新吾は唖然《あぜん》とした。

「ご家老は最初からそうお思いでしたか」

「うむ」

治兵衛は唸った。

「近習医の意見はみなそうだった。最後の砦《とりで》がそなただった」

「私が最後の砦?」

「……」

「ひょっとして私の背後にいる幻宗先生を考えてのことでしょうか。幻宗先生が何らかの形で出てきてくれると読んで?」

新吾はこの際だからと、はっきり口にする。

「私を綾さまの治療に当たらせたのは、いざとなれば幻宗先生に頼れるからですか」

「いや、そうであれば、直接に幻宗を訪ねて往診を頼めばいい。もっとも、それでは藩医の矜持《きょうじ》を傷つけてしまうがな」

治兵衛はあっさり言う。

「では、私が最後の砦とはどういう意味でございましょうか。綾さまの治療は高野長英さまの薦めで……」

「仕方ない」

治兵衛はふうっとため息をついた。

「言う必要はないと思ったが、高野長英がそなたの名を出した経緯を教えよう。じつは、高野長英に綾さまの症状を話したことがある。場合によっては診てもらおうとしたのだ。あの者も首を傾げた。そして、口をついて出たのはそなたの名だ」

「なぜ、私なのでしょう?」

新吾は不審を持った。

「長英はそなたの医者としての未熟さだと言った」

「……」

「未熟ゆえ、患者に向き合う姿勢は半端ではない。その姿勢で、あの患者を治すことが出来るかもしれないと言った」

「わかりません」

新吾には謎のような言葉に思えた。

医者としての腕ははるかに上である高野長英が難しいと判断した患者の治療をなぜ自分に託すのかと新吾は腑に落ちなかった。

「殿や高見左近が心服している長英の勧めだ。それで、そなたに頼ったというわけだ。

ちょうど、番医師としてやって来る。またとない縁だった」

「綾さまの療治に当たらせるために私を招いたのではなかったのですか」

「違う」

治兵衛は首を横に振った。

「だが、やはり番医師として招くように勧めたのは長英だ」

「なぜ、長英どのはそこまで……」

「長英はそなたをだいぶ買っている」

治兵衛は目を細めた。

やはり、一度長英に会いに行かねばならないと思った。

「高見左近さまは来年の四月まで江戸にはこられないのですか」

新吾は話を変えた。

「来ぬ」

「左近さまは、綾さまのご病状を嘉明公にどのようにお伝えしているのでしょうか」

「正直に話しているようだ」

「正直と申しますと？」

「出府したときにお会い出来るかどうか、宇津木新吾にかかっているということだ」

「なんと」

新吾は呆気にとられた。

「誤解するでない。綾さまの命はそなたにかかっているが、たとえ何があろうと、そなたが責任を負うものではない」

「しかし……」

新吾は釈然としなかった。だが、綾を助けたいという思いはさらに強まっている。

「新吾。はっきり言おう。もはや、医師たちに綾さまの病を治す力はない。花村潤斎にも診てもらった。潤斎も匙を投げた」

「……」

「最後のよりどころがそなただ」

新吾にはもはや治兵衛の声が遠くに去っていくだけだった。

家老の部屋を下がって、新吾は医師の詰所に戻った。

番医師の麻田玉林が口元に笑みを浮かべながら、

「ご家老とは何を？」

と、きいてきた。笑顔だが、細い目は笑っていない。

「綾さまのことで報告です」

新吾は答える。

「まあ、貧乏籤《びんぼうくじ》を引いたと思って割り切ることだ」

玉林は人情味のない言い方をした。

「いろいろな病があるものだと、かえってためになります」

「そう考えられる若さとはいいものだ」

麻田玉林は冷笑を浮かべたが、すぐ真顔になって、

「そなたは近習医の花村潤斎さまとはどういう間柄なのだ？」

と、きいた。

「ここに上がって、はじめてお会いしただけです」

「そんなことはないはずだ。潤斎さまは、そなたのことをずいぶん買っているようだ」

嫉妬に燃えたような目を向けた。

「さあ、そのようなことはないと思いますが」

「隠すな」

「いえ、隠していません。しいていえば、同じ蘭方医ということで親しみを感じてく

だすっているのかもしれません」

「潤斎さまは奥医師桂川甫賢さまの弟子だそうだな。潤斎さまに気に入られたら、きっといいことがあるだろう」

麻田玉林は顔をしかめて言ったあとで、

「だが、気をつけたほうがいいかもしれぬ」

と、意味ありげに言う。

「どういうことですか」

「潤斎さまはなかなかの野心家という噂だ」

「野心家？」

「医者としての技量や蘭学に対してどこまで造詣があるか疑問らしい。だが、策士としては図抜けるものがあるそうだ」

「策士？」

「江戸に蘭学の新しい一派を立てたいと目論んでいるという噂だ」

「それはどなたからお聞きになったのですか」

「まあ、誰でもいいではないか」

玉林は逃げた。

「漢方医から睨まれているのでしょうか」

漢方医と蘭方医の対立かと、新吾は思った。が、玉林は首を横に振った。

「江戸に蘭学の新しい一派を立てたいと目論んでいるのだ。そうなれば、当然、あるところとぶつかる」

「儒学ですか」

「そうだ。林述斎《はやしじゅっさい》さまをはじめとする儒家の怒りを買うことになると噂されている」

江戸幕府に朱子学をもって仕える林家は始祖の林羅山《らざん》から続いており、今は林家の中興の祖と言われる林述斎が君臨している。

蘭学が儒者たちにとって目障りなものなのだろうか。しかし、医者の道を進む自分には関わりないことだと、新吾は自分に言い聞かせた。

三

いまにも小雪が舞いそうな冷えた朝だった。新吾はひとりで小舟町の家を出て、麹町に着いたのは四つ（午前十時）近かった。その頃には陽光が射し、寒さもいくぶん和らいでいた。

高野長英の開業した医院は途中でひとにきいてすぐわかった。平屋の一軒家の軒下に、蘭学塾と書かれた札が吊るしてあった。

戸を開けると、土間にいくつもの履物があった。奥の部屋に数人の男がいた。若い者も年配の者もいる。

「ごめんください」

新吾は呼びかけた。

すぐ婆さんが出てきた。

「宇津木新吾と申します。高野長英さまはいらっしゃいますか」

「宇津木新吾さまですね。旦那さまは今、講義をしています。どうぞ、上がってお待ちください」

「講義ですか」

軒下の札を思い出した。

「どうぞ、上がってくださいな」

「でも、迷惑では」

「宇津木新吾さまがいらっしゃったらいつでも部屋に上げるようにと言われていま

す」

「私が来ることがわかっていたのですか」

新吾は驚いて言う。

「はい」

婆さんが笑みを浮かべ、

「さあ、どうぞ」

と、促した。

新吾は部屋に上がった。ひとが集まっている広間を覗くと、塾生を前に長英が講義をしていた。

小部屋で婆さんがいれてくれた茶を飲んで待っていると、長英がやって来た。細面で額が広く、いかにも頭の切れそうな顔をしているが、そこに精悍さが加わったようだ。

「新吾、遅かったな」

いきなり、長英が言って、目の前に腰を下ろした。

「もっと早くやって来るかと思っていた」

「長英さまが江戸に戻っていることを、先日まで知りませんでした」

新吾はなぜ、まっさきに知らせてくれなかったのかと言いたいのを我慢した。

「ほとぼりが冷めたといっても、そなたのところに顔を出して、迷惑をかけてもいけないと思ってな。なにしろ、間宮林蔵というやっかいな男が未だにうろついているようだからな」

長英は苦笑したが、

「まあ、シーボルト事件の余波はもう収まったようだ」

と、頷きながら言う。

「でも、思ったより早くお会い出来てよかったです」

「元気そうでなにより」

長英は磊落《らいらく》に言う。

「長英さまも」

「うむ」

「塾を開いたのですか」

新吾は広間のほうに目をやってきいた。

「医者だけじゃ食っていけぬでな。蘭学を教えている。今は七人の塾生がいる」

長英は真顔で応じてから、

「幻宗先生もお達者であろうな」

「はい。相変わらず精力的に働いておられます」

新吾は膝を少し進め、

「松江藩の嘉明公に藩医として、今回も私を薦めてくださったそうですね」

と、言った。

「九州から江戸に戻る途中、松江藩領に入った。ちょうど、嘉明公がお戻りだったのでお目にかかった。御家騒動があって、そなたが藩医を辞めたと聞き、もったいないとお話をしたのだ」

「そうでしたか」

「嘉明公もそなたから蘭学の講義を受けたいと思われていたようだ。西洋の事情にとても興味をお持ちの方だから、ぜひ、改めてお抱えしたらいかがとお話をした」

「なぜ、私などに？」

「わしが見込んだ男だからな」

長英は真顔で言った。

「もったいないお言葉」

新吾は恐縮してから、

「綾さまのことは？」

と、きいた。

「嘉明公は綾さまの病状を心配しておられた。それで、江戸についてすぐにご家老に会い、綾さまの様子を聞いた」

「どう思われたのですか」

新吾がきくと、長英は逆に、

「そなたの見立てをきかせてくれ」

と、きいた。

ためされているような気がしたが、新吾は正直に話した。

「胃の腑の潰瘍は完治しており、他の臓器にも特に異常を見出せません。症状は食欲がなく、気だるさを覚える程度です。やはり、心の病ではないかと」

「うむ」

長英は頷き、

「そうだ。心の病に違いない」

と、言い切った。

「しかし、悩みの種がわかりません。本人も口にしませんし……」

新吾はため息混じりに言い、

「それで、綾さまの実家に行って話を聞いてきました」

「そうか」

長英はにやりと笑った。

「はい。綾さまには大店の若旦那との縁組の話があったそうです。そのあとに、側室の申し入れがあったというのです」

新吾はその話をし、

「胃潰瘍になったのはその大店の若旦那のことが原因かと思ったのですが、そうではないようでした」

「違うことがはっきりしたのか」

「綾さまのお言葉でしかありませんが」

「そうか。しかし、確かめてみたほうがいいな」

「はい。帰りに、若旦那のところに寄ってみるつもりです」

「それがいい。なにしろ、ご本人が気づかない心の傷があるのは間違いないと思う。それを見つけるしかない」

長英は言い切った。

「出来ましょうか」

新吾は自信がなかった。

「そなたなら出来る。普通の医者はそこまで調べることはするまい。俺もそうだ。匙を投げるだけだ。だが、そなたは違う」

長英は頷きながら、

「綾さまは単なる気うつではない。何か心に深い傷があるのだ」

やはり、長英も綾さまを心の病と見ていたようだ。心の病とどう向き合うのか。これは医者以外の者の役目ではないかとも思った。

そのことを口にするや、

「では、それは誰だ？　そのような者がいるのか。祈禱《きとう》師か、それとも高僧といわれる坊主か」

と、長英は言った。

「現に綾さまは痩せ細っていらっしゃる。このままであれば、確実にお命は危ないだろう。医者として見捨てておけるか」

「見捨ててはおけませぬ。ただ、医者の私に救える力があるのか、自信がありませ
ん」

「最善の努力をすべきだ」

「しかし」

「やるのだ」

「はい」

そのとき、塾生の若い男がやって来た。

「先生、そろそろ」

と、声をかけた。

「すぐ行く」

「はっ」

塾生が去った。

「新吾、今度改めてゆっくり会おう」

「はい」

まだいろいろききたいこともあったが、新吾は辞去した。

新吾は長英の家を出て、急ぎ足で帰途についた。

ついてくるひとの気配に、新吾は貝坂《かいざか》の途中で振り返った。まっすぐ近づいてくる饅頭笠《まんじゆうがさ》に裁《た》っ着《つ》け袴《ばかま》の武士がいた。

間宮林蔵だ。林蔵は新吾のもとに近寄ってきた。

「間宮さま」

新吾は呆気にとられていた。

「やはり、そなたは高野長英と繋がっていたのか」

「まだ、高野さまを追っているのですか」

新吾は抗議するように言った。

「シーボルトの件はすでに済んでいる」

「では、なぜ？」

「それより、近習医の花村潤斎はどうだ？」

「どうとは？」

新吾は玉林の言葉を思い出した。

「そなたに何か言ってきたか」

新吾が再び松江藩に通いだしたことは上屋敷にいる間者《かんじや》から聞いたのだろう。林蔵が間者を忍び込ませているのは間違いない。

「いつぞや、花村潤斎に気を抜くなと仰いました。どういうことでしょうか」

「そんなことを言ったかな」

林蔵はとぼけた。

「仰いました」

「潤斎は幕府の奥医師桂川甫賢の弟子にあたるが、なかなかの遣り手だ。蘭方医であるが、蘭学者でもある。いや、蘭学者の志向が強いかもしれぬ」

「どういうことでしょうか」

玉林と同じようなことを言っているが、新吾はとぼけてきいた。

「長英は何か言っていたか」

林蔵は新吾の声を聞き流した。

「何かとは？」

「花村潤斎のことだ」

「いえ、何も」

林蔵はじろりと新吾を睨み据えた。

「講義の合間にお会いしただけなので、あまり話し合っていませんから」

「そうか」

「間宮さま。いったい、間宮さまはなにを……」

「何もない。そなたは医者であろうな」

「はっ？」

林蔵の質問の意味がつかめなかった。

「どういうことでしょうか」

「まあ、いい」

またもはぐらかそうとしている。

「では」

そう言い、林蔵はきた道を戻って行った。新吾は呆気にとられて見送った。

しかし、林蔵もまた潤斎について玉林と同じようなことを言っていた。林蔵の背後に、林述斎がいるのだろうか。

林蔵が長英の家を見張っていたのは蘭学塾を開いているからか。何か無気味なものを感じて、新吾は暗い気持ちになった。

新吾は麴町から日本橋馬喰町まで戻ってきた。足袋問屋の『山城屋』は足袋の形をした屋根看板が出ていた。

広い土間に入り、番頭らしき男に声をかけた。

「私は松江藩の藩医で宇津木新吾と申します。若旦那の磯太郎さんにお会いしたいのですが」

「若旦那にどのような御用で？」

「ある患者さんのことでちょっとお訊ねしたいことがありまして」

「そうですか。若旦那は今、向こうでお客さまの相手をしています」

番頭の目の先を追うと、羽織姿の若旦那ふうの男が店畳で客の相手をしていた。磯太郎のようだ。

「少々お待ちください」

番頭が磯太郎の傍に行った。

番頭の耳打ちに、磯太郎はこちらを見てから客に何か言って立ち上がった。そして、土間に下りて、まっすぐやって来た。

「私に何か」

磯太郎が怪訝《けげん》な顔できいた。

「医者の宇津木新吾と申します」

新吾は名乗ってから、

「『河村屋』の綾どののことで少しお話を」

「綾さん？」

磯太郎は眉根を寄せ、

「なぜ、私に？」

と、少し不快そうにきく。

「縁組の話があったとお聞きしまして」

新吾は遠慮がちに口にする。

「昔のことです」

「綾どのが今、どうなさっているかご存じですか」

「大名の側室になられたのでしょう」

磯太郎は気のない声で言う。

「その後、お会いしたことはありませんか」

「ありませんよ。会うはずないじゃないですか」

磯太郎は強い口調になって、

「もう、いいですか」

と、引き上げようとした。

「綾どのは今、何か悩んでいるようなのです。何か気にかかっていることがあるのではないかと思いましてね」

「気にかかる？」

　磯太郎は苦笑し、

「私が原因だとお思いですか」

　と、あきれたようにきいた。

「綾どのと関わりのあったお方からお話を聞けば何かわかるかもしれないと思いまして」

　新吾は弁明する。

「当てが外れましたね。私じゃありませんよ。三年前の縁組の話があったとき、はじめから綾さんは乗り気じゃなかったんですから」

　磯太郎は口元を歪めた。

「大名の側室になる話に乗り換えてしまったのではないのですか」

「乗り換えたのは私からではありませんよ。縁組の話だって、それほど進んでいたわけではなかったのですから」

「どういうことなのでしょうか」

「私とのことは、綾さんにとってたいしたことではなかったんですよ」

「では、側室になられるに当たってはなんの支障もなかったということですか」

新吾は確かめた。

「いえ。綾さんには他に好きな男がいたんだと思いますよ。その男と泣く泣く別れて側室になったんじゃないですか」

「そんな男がいたのですか」

新吾は驚いてきき返す。

「ええ、だから私との縁組にも乗り気ではなかったんです」

「相手の男が誰だかわかりますか」

新吾は急《せ》いてきいた。

「いえ、わかりません。でも、好きな男がいたのは確かです。もういいですか」

磯太郎は客のほうに目をやった。

「好きな男を捜す手掛かりはありませんか」

「いえ」

磯太郎は首を横に振った。

「どうして、あなたはそのことを知ったのですか」

「本人がそう言ってたんです。もういいですね」

磯太郎は迷惑そうに言う。

「お忙しいところを申し訳ありませんでした」

新吾は詫びてから店を出た。

綾に好きな男がいたというのはほんとうだろう。おそらく、磯太郎との縁組を断るために、綾は打ち明けたのだ。

『河村屋』の主人は知っているのだろうか。その男と手を切らせ、綾を嘉明公の側室にしたのか。

『河村屋』の主人に会っても話してくれないだろう。それより、綾の妹のおふみだ。妹なら、姉の好きな男のことを知っているかもしれない。そう思うと、新吾は『富田屋』という鼻緒問屋に嫁いでいるおふみに会うために田原町に向かった。

四

半刻（一時間）後、新吾は『富田屋』の前にやって来た。店の脇に家人用の戸口があり、格子戸を開けた。

「ごめんください」

土間に入り、奥に向かってやや大きな声で呼びかける。

女中が小走りにやって来た。

新吾は名乗ってから、若女将《わかおかみ》のおふみに会いたいと申し入れた。

「姉の綾さまのことでとお伝えください」

「はい」

女中は奥に向かった。

しばらくして、女中が戻ってきて、

「どうぞ、こちらに」

と、誘った。

「では、失礼します」

新吾は部屋に上がり、女中のあとについて客間に通された。

待つというほどのこともなく、綾に似た顔だちの女がやって来て、目の前に腰を下ろすなり、

「おふみですが、姉に何かありましたか」

と、不安そうにきいた。

おふみも綾の病気に気を滅入らせていたようだ。

「いえ、大事ありません。じつは、今度私が綾さまの療治に当たることになり、お話をお伺いしに参りました」

「姉はどうなのですか」

「このままでは厳しい状況になりましょう。それで、療治の手助けになればと思い、少しお訊ねを」

新吾は厳しい表情で言う。

「なんでしょうか」

「最近は綾さまにお会いになりましたか」

新吾は確かめる。

「ひと月前にお見舞いに上がりました」

おふみは緊張した表情で答える。

「綾さまの姿を見て、どのように感じられましたか」

「ずいぶん痩せてしまって……。あまりのいたわしさに胸が張り裂けそうになりました。医者の話では原因はわからず、打つ手はないということでした」

おふみは辛そうに言う。

「じつは綾さまの病巣は体ではなく、お心のほうではないかと思っているのです。何かがあって、心が傷ついたのではないかと」

「心のほう……」

おふみが呟く。

「綾さまには好きな男がいたそうですね。ご存じでしょうか」

「……」

おふみからすぐに返事はなかった。

「いかがですか」

新吾は返答を促した。

少し迷っていたようだが、おふみはようやく口を開いた。

「三年半年前、松江藩の殿さまの側室の話が舞い込んできて、姉は苦しんでいました。そのとき、はじめて姉に好きなひとがいることを知りました」

「相手の名前をご存じですか」

新吾は身を乗りだしてきく。

「いいえ、姉は教えてくれませんでした。でも、側室になるために好きなひとと別れることになって泣いていました」

おふみは痛ましげに話した。

「側室を断ることは出来なかったのですか」

「出来やしません。父からも兄からも、お店のためだからと説き伏せられて、どうすることも出来なかったのです」

おふみはやりきれないように言った。

「側室になった裏にはかなりの苦しみがあったのですね」

新吾は綾の心の一部を覗いたような気がした。

「姉はそのことで悩んでいると仰るのですか」

「十分に考えられます」

側室になってからも好きな男のことが忘れられず、思い悩んでいたのではないか。やがて、徐々に心の病がはじまり、三月前についに胃潰瘍が破裂して血を吐いたのか。そのことから食欲もわかなくなり、今に至っている。

そう考えたが、当たっているかどうかわからない。

「綾さまの好きな男を捜す手掛かりはありませんか」

新吾は縋《すが》る思いできいた。

「いえ、何も」

おふみは首を横に振る。

「仕事もきいていませんか。お店者か職人か、はたまた遊び人か」

「わかりません。詳しいことは何も話してくれませんでしたから。あっ」

おふみは何かに気づいたように短く叫んだ。

「何か」

「確かなことは言えませんが、ひとりだけ思い当たるひとが」

そう言い、おふみは話しだした。

「お店に出入りをしている小間物屋さんがいました。清次《せいじ》さんと言い、きりりとして目元の涼しい二十代半ばの男のひとでした。姉はこのひとからよく櫛《くし》や簪を買っていました。もしかしたら、そのひとだったかも」

「ふたりの様子にそのような気配があったのですか」

新吾は勇んできいた。

「いえ。勝手口にやって来て荷物を広げるのですけど、いつも女中たちも集まってきて、姉とふたりきりになることはありませんでしたから」

「では、どうして清次さんだと?」

新吾は疑問に思った。

「姉が側室になってから姿を現わさなくなったのです。今、そのことを思い出したのです。清次さんとならあり得るかなと」

おふみは自信なげに言う。

「清次さんがどこに住んでいるか知りませんか」

「いえ」

「清次さんはどこから品物を仕入れていたんでしょうか」

「本石町《ほんごく》一丁目にある『京屋《きようや》』さんだと思います。清次さんに代わって、そこの手代さんがやって来るようになりましたから」

「その後、清次さんの噂もきかないのですね」

「ええ。聞きません」

「そうですか。わかりました」

新吾は長居を詫びて、腰を上げた。

新吾は本石町一丁目にある小間物問屋の『京屋』を訪れた。

櫛、簪、笄《こうがい》、それに白粉《おしろい》や鬢付け油なども店に並んでいた。帳場格子にいた番頭ふうの男に声をかけた。

「すみません。ひとを捜しているのです。三年前まで小間物の行商をしていた清次という男なのですが」

「さあ、うちに出入りする行商人はたくさんおりますから」

「きりりとして目元の涼しい若い男です」

新吾は特徴を言う。

「三年前ですからね」

偏平な顔をした番頭は少し首を傾げた。

新吾は礼を言い、店を出た。通りには行き交うひとが多い。いくらも歩かないうちに、

「もし」

と、背後から声をかけられた。

振り返ると、二十七、八の小肥りの男が近づいてきた。手拭いを吉原《よしわら》被りにし、荷物を背負っている。小間物の行商人のようだ。さきほどの店にいた男だと気づいた。

「清次をお捜しのようですね」

男は口を開いた。

「清次さんをご存じですか」

新吾はきいた。

「はい。ときおり、商売でいっしょになりました。でも、三年前に商売を辞めて、どこかに行ってしまったんです」

男は顔をしかめて、

「何があったのか気になって、三河《みかわ》町の長屋に行ってみましたが、引っ越したあとでした。大家さんも行先は知らず、そのままに」

「三河町に住んでいたのですか」

「そうです」

「他に清次さんのことを知っているひとはいませんか」

「私は知りません」

「あなたは清次さんと親しかったのですか」

「同じ商売をしているので、顔を合わせると挨拶した程度です」

「それなのに、清次さんを捜したのですか」

「ちょっと気になることがあって」

男は戸惑い気味に言う。

「気になったのはどんなことでしょうか」

「最後に会ったとき、かなり塞ぎ込んでいたんです。それで何があったのかをきいたのですが答えてくれませんでした」

「塞ぎ込んでいたのですね」

側室になる綾との別れを思い浮かべた。

「長屋のひとも塞ぎ込んでいたわけを知らなかったのでしょうか」

「ええ。誰も知りません」

「やはり、そのことが行商をやめた理由でしょうか」

「そうかもしれません」

男はふと新吾の顔を見返し、

「それより、あなたこそ、どうして清次を捜しているのですか」

と、きいた。

「私の患者さんの知り合いだそうなので……」

新吾は曖昧《あいまい》に答える。

「患者さん?」

「ええ。それより、清次さんには好きな女のひとはいたのでしょうか」

新吾は新たにきいた。

「整った顔だちで、女には持てました。でも、清次は女にはきちんとしていました。

後家に口説《くど》かれてもうまく逃げていました。女のひと相手の商売ですからね。女の噂が立ったら差し支えが出ると思っていたようですから」

「すると、付き合っている女のひとがいても隠すのでしょうね」

「そういうことですね」

男が笑ったのは、自分もそうだからかもしれない。

「清次は何か女のことで？」

「いえ、そういうわけではありません」

腑に落ちないようだったが、男はそれ以上きかなかった。

「長屋は三河町のどこですか」

新吾はきいた。

「佐兵衛店《さへえだな》です。行っても無駄だと思いますが」

「ええ。でも、念のため」

新吾は答えると、

「もし、清次のことで何かわかったら私にも教えていただけますか。『京屋』に出入りをしていますので。あっしは、梅吉《うめきち》って言います」

「私は日本橋小舟町で医者をしている宇津木新吾です。何かわかったら、お知らせにあがります」

新吾は梅吉と別れ、お濠《ほり》に出て鎌倉河岸《かまくらがし》を通って三河町にやって来た。

長屋の場所をきいて、新吾は佐兵衛店に向かった。

木戸を入り、ちょうど洗濯物を干し終えた痩せぎすの女に声をかけた。

「ちょっとお訊ねします」

女は目を細めて新吾を見た。

「三年前まで、この長屋に清次さんというひとが住んでいたと聞いたのですが」

「三年前なら知らないね。私がここにきたのは一昨年だから」

「そうですか。失礼しました」

「ちょっと待って」

そう言うと、女は厠《かわや》から出て来た年寄に声をかけた。

「ご隠居さん」

少し腰の曲がった年寄が近づいてきた。不精髭《ぶしょうひげ》も白い。

「こちらの方が清次さんっていうひとのことをききたいんですって」

「清次か」

隠居は目を細め、

「何がききたいのだ?」

と、顔を向けた。

「今、清次さんがどこにいるか知りませんか」

新吾は念のためにきいた。

「知らねえな」

やはり、知らないと答えた。

「清次さんとは親しかったのですか」

「隣同士だったからな」

隠居は懐かしそうに言う。

「清次さんに好きな女子《おなご》がいたかどうか、ご存じですか」

「女子か」

年寄はにやりと笑った。

「清次は男前だから、女はあまたいたろうよ」

「あまたですか。それは清次さんが話していたのですか」

新吾は確かめる。

「いや、こっちがそう思っただけだ」

「三年前に清次さんは、どうしてこの長屋から出て行ったのでしょうか」

「さあな」

隠居は首を傾げた。

「何があったのか、想像がつきませんか」

「突然だったからな」

隠居はしんみり言う。

「その頃、清次さんの様子に変わったことはありませんでしたか。ひどく塞ぎ込んでいたり、何かに悩んでいたりとか」

「うむ。ぐでんぐでんになって帰って来ることが続いたな。それまでは、下戸《げこ》だったんだが……。あの頃は少し荒れていたかもしれない」

「それは長屋を出て行く少し前ですね」

新吾は確かめる。

「そうだ」

「何か喚《わめ》いたり、愚痴《ぐち》をこぼしていたりしていませんでしたか」

「酔っぱらってぶつぶつ言っていたが、よく聞き取れなかった」

「長屋を出て行ったのは、その荒れていたことと関係があったのでしょうか」

「そうかもしれねえな」

隠居は頷きながら言う。

「清次さんと親しいひとを知りませんか」

「知らねえ」

「清次さんを訪ねてくるひとはいましたか」

「ほとんどいなかったな。同業者らしき男が訪ねてきたのは清次が出て行ったあとだ」

同業者らしき男とはさきほどの小間物屋のことだろう。

「待てよ」

隠居はふと思い出したように、

「そうだ。一度、清次を若い武士が訪ねてきたことがあった」

「若い武士？」

「その武士といっしょに長屋を出て行った。それからだ。清次が荒れだしたのは」

「どんな武士でしたか」

「立派な身なりだったな。色白で女のような顔だちだったのをよく覚えている」

色白で女のような顔だち……。高見左近ではないかと新吾は考えた。

三年前、左近は清次に会いに行った。用件は綾のこと以外、考えられない。綾を側室に招くための掛け合いを嘉明公は高見左近に任せたのだろう。

綾の父親は藩御用達を餌にして味方につけ、清次には金をつかませ、綾を諦めさせた……。

清次はそのことで苦しんでいたのだ。

「清次さんの居場所を知っているひとに心当たりはありませんね」

新吾は確かめた。

「ないな」

「そうですか。いろいろありがとうございました」

新吾は礼を言い、隠居と別れた。

すでに、最初のおかみさんは家の中に引き上げていた。

綾は清次が去っていったことで諦めて側室になった……。ところが三月前に綾を苦悩に追いやる何かがあったのではないか。

綾の病巣に近づいている手応えを感じながら、新吾は長屋木戸を出て両国橋に向かっていた。

五

両国橋に差しかかったとき、頬に冷たいものが当たった。やがて、白いものがちらちら舞いだした。

朝方の雪は止んで陽射しが戻ったが、再び降り出した。しかし、西の空は明るく、じきに止みそうだった。

綾と清次の関係はどうなのか。綾を問い詰めても何も語ってくれまい。高見左近にも話をきいてみたいが、江戸にいない。もちろん、綾の父親である『河村屋』の主人次郎兵衛が真実を語るはずはない。

やはり、清次を捜すしかないが、手掛かりはない。ただ、その前に病の原因が清次にあるのかどうか、それを確かめなければならない。

清次が原因だとしたら、三月前に綾は清次と再会したと考えられる。そこから、綾に新しい苦悩がはじまった……。

もちろん、病の原因は清次以外かもしれない。だが、いずれにしろ、三月前に綾の身に何かあったのは確かだ。

それから四半刻（三十分）後に、新吾は松江藩の下屋敷にたどり着いた。

門を入り、玄関から上がって詰所に向かう。途中、廊下で若い女中と擦れ違ったので、新吾は呼び止めた。

「申し訳ありません。およしさんを呼んでいただけませぬか」

「わかりました。お伝えします」

女中は廊下を引き返して行った。

新吾が詰所で待っていると、およしがやって来た。

「お呼びでしょうか」

およしが襖を開けてきいた。

「すみません、少しお訊ねしたいことがありまして」

「はい。失礼します」

部屋に入ってきて、およしは新吾の前に腰を下ろした。

「綾さまが胃痛を訴えたのは三月前ですね」

「そうですけど」

何を今さらといった顔つきで、およしが答える。

「三月前、綾さまの様子に変わったことはありませんでしたか」

新吾はきく。

「変わったこと？」

「ええ、三月前に綾さまは胃潰瘍に罹っています。前にも言いましたように、何か強い悩み事か心配事があったのではないかと考えています。胃潰瘍は治りましたが、心の病は続いています。その原因となるものを探したいのです」

「……」

およしは小首を傾げる。

「その頃、綾さまにとって大きな何かがあったのではないかと思うのです」

「そのようなことは私にはわかりません」

「よく考えてください。毎日、綾さまに接しているあなたはちょっとした変化にも気づいたのではありませんか」

新吾はなおも迫った。

「何か他のことに考えが向かっていて、呼びかけても聞こえなかったり、あるいはひとりになりたいということが多くなったり……」

「そうですね」

およしは考えていたが、首を横に振った。

「わかりません」

「その頃、綾さまはどなたかと再会しませんでしたか」

「さあ、そのようなことは……」

「出入りの商人や庭師、大工など、このお屋敷に新たに出入りした者はおりませんか」

「……」

およしは眉根を寄せた。

「はっきり言いましょう。綾さまは昔好き合っていた男と再会したのではないかと思っているのですが」

新吾はやむなく口にした。

「そして、その者がその後もときたま訪ねてきていた……」

清次が三月前にこの屋敷に忍んできているのではないか。そう睨んだのだ。

「そのようなことはありえません」

およしは否定したが、目が泳いでいた。

「どうして、そう言い切れるのですか」

「誰にも気づかれずに、綾さまの部屋に行くことは無理です」

「でも、綾さまが手引きしていたら？」

「そんなはずは……」

およしは虚空を見つめている。

「何かご存じですね」

「……」

「およしさん。教えてください。綾さまの命を救うためです」

およしはしばらく考えていたが、ふと顔を上げた。

「じつは、誰にも言うまいと思っていたのですが」

と、用心深く口を開いた、

「綾さまの寝所のほうから男のひとが出てきたのを見たことがあります」

「どんな男でしたか」

「暗かったし、細身の男だったとしかわかりません」

「その男は屋敷の者でしょうか」

「違います。庭を走って塀のほうに向かいました」

「つまり、男が綾さまの寝所に忍んでいたということでしょうか」

「はい」

およしは小さく頷いた。

「このことを、綾さまに確かめましたか」

「はい。次の日、綾さまは少し思い悩んでいるようなお顔をなさっていましたので、寝所から出てきた男のことを思い出して、昨夜怪しい影を見ましたが、綾さまは何事もありませんでしたか、ときいたのです」

およしは息を詰めて、

「綾さまは、何でもありません。そなたの見間違いでしょうと仰いました」

「見間違いではないのですね」

新吾は確かめる。

「はい、その後も、一度見ました」

およしは見張っていたようだ。

「一度だけですか」

「そうです、ずっと見張っているわけではないので、私が気づかないだけで、何度も忍んでいたかもしれません」

「なるほど。では、やはり、顔はわからなかったのでしょうね」

「ええ。わかりません」

「その男が忍んできたのは三月前ですね」

「そうです」

「その男は夜中に忍んできて、いきなり、綾さまの寝所に行けたとは思えません。その前から、綾さまと示し合わせていたのだと思います。その頃、綾さまを誰かが訪ねてきたのではありませんか」

「綾さまを訪ねてくるのはご実家の方々くらいです。いつも私がご案内いたしますけど、若い男のひとはいませんでした」

「そうですか。では、深夜に忍び込んできて、綾さまの寝所を探り当てたのでしょうか。でも、いくら好きな男だったとしても、何の前触れもなく忍んできたら、綾さまも驚くのではないですか」

「そうですね」

「出入りの商人は？」

「小間物屋、貸本屋など、皆知った顔の者たちです。はじめての者は門番に止められますから入ってこられません」

「そうですか」

新吾は頷いてから、

「綾さまは外出をなさったことは？」

外出先で清次と再会し、屋敷に忍んで行く約束をしたのではないか。

「あの頃、亀戸《かめいど》の萩《はぎ》寺に行ったり、菊を見に行ったりしました。でも、若い男が近づいてきたことは一度もありません」

「でも、あなたの目を盗んで……」

「いえ、それはないと思います。それに、外出のときは必ず古森市次郎さまがお供についていましたから」

「古森さまが……」

「ええ、怪しい者が綾さまに近づかないか常に目を光らせています」

「綾さまのところに出入りする男のことを古森さまにお話は？」

「いえ」

「古森さまは知らないのですね」

「はい」

およしは微かに目を伏せた。

「なぜ、お話にならなかったのですか」

「綾さまのために」

「綾さまのためを思って黙っていたのですか」

「はい」

「そうですか」

新吾は古森市次郎の眼光の鋭い、浅黒い精悍な顔を思い出した。高見左近から綾を守るように命じられている市次郎が夜に忍んでくる男に気づかぬことがあるだろうか。

「宇津木先生はその男のことをご存じなのですか」

「心当たりはあります。でも、ほんとうにその男なのかまだ確証はありません」

そう言い、名を口にせず、

「その男は近頃は忍んできていないのですね」

「そうだと思います。そのような気配はありません」

「それはいつごろからでしょうか」

「ふた月ぐらい前でしょうか」

「すると、綾さまが食事を摂れなくなった頃ですね」

「そうですね」

およしは厳しい表情で頷き、

「綾さまはその男のひとが現われなくなったのでお心を痛めて……」

「なぜ、現われなくなったのでしょうか」

新吾は首をひねったが、

「綾さまが食事が出来ないほどの苦痛を覚えたということは、ひょっとして……」

と、悪い想像をした。

「とうに死んでいると？」

およしは不安そうにきいた。

「忍んでくる男がいつの間にか来なくなったと思われる頃、屋敷内で何か騒ぎはなかったのですか」

「いえ、何も」

「忍んできた男のことは、結局表沙汰《おもてざた》にはならなかったのですね」

「はい」

およしは答えてから、

「まさか、忍んでくる男は屋敷内で殺されたのでしょうか。盗人と思われて斬られたか、不義を働いていたことがわかって成敗されたか」

と、身をすくめた。

「屋敷内で、そのようなことがあれば、あなたも気づくのではありませんか」

「そうですね」

「その男が殺されたにしろ、やはり屋敷の外でしょうね。身許がわからない死体が見つかっていないか、調べてみます」

「綾さま、ほんとうに苦しいのでしょうね」

およしは同情したあとで、

「このことを綾さまに告げてみましょうか。悩みの正体がわかれば、食事も摂れるようになるかもしれません」

「いずれ話を持ち出すことになりましょうが、今はまだ」

「だめですか」

「綾さまに否定されたら終わりです。それ以上、深く突っ込めません」

「でも、早く手を打たないとならないのではないですか」

およしが強く出る。

「仰るとおりですが」

新吾は吐息《といき》をついたあと、

「今までのことはあくまでも想像でしかありませんから」

「でも、そう考えたほうが綾さまの苦しみがわかります」

　およしはそれが事実であるかのように呟いた。

「そういえば」

　およしが声を上げた。

「今、思い出しました」

「何をですか」

「庭師です」

「庭師？」

「庭の手入れで、植木職人が何人かやって来ました」

「何人かですか」

「四人か五人ぐらいです。親方のあとについてくれば、入ってこられるかもしれません」

「なるほど。庭師ですか」

　その中に、清次が紛れ込んでいたのだろうか。

「庭師はどこから？」

「出入りの庭師は亀戸町の『植政《うえまさ》』です」

「庭師として入り込むには親方の許しを得なくてはだめですよね」

「ええ。親方に頼んだのだと思います」

「その男が綾さまの相手の男と特徴が似ているか、親方にきけばわかります。あとで、親方に会ってきます」

新吾は親方に会えば清次かどうかはっきりすると思った。

「宇津木先生。綾さまの相手の男は何という名なのですか。ご存じなのでしょう。教えていただけませんか」

「私の間違いかもしれませんので」

清次の名を出すことを躊躇《ちゅうちょ》した。

「でも、ほぼ当たっているのではありませんか。やっぱり、私が綾さまにきいてみます。最初は否定なさるのはわかっていますが、私がそこまで知っていたとなれば、少しはお考えも違ってくるのではないでしょうか」

およしは厳しい表情で言う。

「わかりました。私からきいてみます。医者の立場からであれば、不躾《ぶしつけ》な問いかけもやむを得ないはずですから」

新吾も覚悟を決めて言う。

「わかりました。先生にお任せします」

「これから綾さまのところにお伺いしたいのですが」

「わかりました。きいてきます」

およしは腰を上げ、部屋を出て行った。

半年前、清次と再会し、再びふたりの間に燻《くすぶ》り続けていたものが再燃した。だが、それはいつしか古森市次郎に知られることになった。新吾はそう考えていた。

およしが戻ってきた。

「今、よろしいようです」

「わかりました」

新吾は立ち上がった。

寝所に行くと、綾は横になっていた。

新吾は枕元に近づいた。ますます、顔色は悪く、頬骨が目立っていた。

「失礼いたします」

目の奥を覗き、脈を測ったあとで、およしに顔を向け、

「申し訳ありません。綾さまとふたりきりにしていただけますか」

と、新吾は言った。

「でも……」

　およしは何かを言いかけたが、

「わかりました。綾さま、何かありましたら、鈴をお鳴らしください」

と言って、立ち上がった。

　およしが出て行ったあと、

「綾さま。お訊ねしたいことがございます」

と、新吾は切り出した。

「なんですか」

　弱々しい声で、綾は顔を向けた。

「清次というひとのことで」

「……」

　綾が息を呑んだのがわかった。

「綾さまは清次さんと好き合った仲だったそうですね」

　あえて、決めつけた。綾から反論はなかった。

「三年前におふたりはお別れになったのですね」

　新吾は続けた。

「綾さまはどうして清次さんというひとがいながら、側室になる決心をされたのですか。『河村屋』のためにですか」

「昔のことです」

綾がやっと口にした。

「いえ、今の綾さまの病はその当時のことからはじまっているのではないかと推察しているのです」

「違います」

「清次さんは、綾さまから離れるようにどなたかから強要されたのではありませんか。だから、清次さんは去っていった。それで、綾さまは側室に入られることを決心なさった。いかがでしょうか」

「……」

綾は天井を見つめている。

「病の原因を見つけるために、失礼ながらお訊ねいたします。三月前、その清次さんと再会したのではありませんか」

返事はない。

「それから、清次さんはここに忍んでくるようになった。嘉明公は国に帰って留守です。綾さまは好きな男と会い、我を忘れたのではありませんか」

新吾の声が耳に届いていないかのように、綾は相変わらず天井に目を向けたままだ。

新吾はそれでも続けた。

「そのことで何かあったのではありませんか。たとえば、誰かに見つかったとか」

綾が目をつぶった。苦しそうな顔だ。

「そうなのですね」

新吾は綾の顔を見つめる。

「……」

やはり、黙っている。

「綾さま。ここで何があったのですか」

「何もありません」

やっと綾が口を開いた。

「では、清次さんは今、どこに？」

「知りません」

「そんなはずありません。綾さまは清次さんとのことで深く悩んでいらっしゃるのではありませんか」

「違います」

その声は弱々しい。決して、病のせいばかりではないようだ。

「綾さま。はっきり申し上げます。綾さまのお体に特に異常はありません。病はお心の苦痛によってもたらされたものです」

新吾は諭し続ける。

「その苦しみと真正面から向き合うしか病を克服する道はありません。それにはまず、何があったかを正直にお話しされることです」

「……」

「私はこのことを嘉明公に知られないようにいたします。だから、正直に答えていただけませんか」

「答えることは何もありません」

「綾さま」

新吾が声をかける。

綾は枕元の鈴に手を伸ばした。

軽やかな音が鳴り、すぐにおよしが入ってきた。

「綾さま」

およしが声をかける。

「終わりました」

綾がきっぱりと言う。

綾は新吾の追及を拒んだ。はっきりした言い方だ。心に傷を抱えている病人とは思えない。

きょうまでの数日間、綾を診てきたが、常に何か妙な感じを抱いていた。その正体はわからなかった。綾と接してきて、深い苦悩を抱える病人と語り合っているようには感じ取れなかった。

綾は何かを隠している。何か触れられたくないものがあるのだ。

（まさか）

新吾ははっとした。

綾は体にはどこも異常はない。確かに胃潰瘍にかかったが、それは完治した。今の不調は心の問題だと思い込んできた。

それも間違いだったのだ。これまでのやりとりを思い返しても、綾の心が歪んでいるようには受け取れなかった。常に何か妙な感じを抱いていたのは、このことだと気づいた。

綾は自分を見失っていない。つまり、まっとうなのだ。それなのに、なぜ、ものを食べられないのか。

食べられないのではない。食べないのだ。わざと、食事を摂ろうとしない。つまり、綾は栄養失調で自ら死を選ぼうとしているのではないか。

「綾さま、あなたはもしや」

新吾は愕然としてきいた。

「宇津木先生。どうぞ」

およしが促す。

「失礼します」

新吾は憤然と立ち上がった。

部屋を出ると、およしが待ちかねたようにきいた。

「何かあったのですか」

「綾さまは……」

新吾は言いさした。

「何でしょうか」

およしは促す。

「すみません。あとでゆっくりお話をいたします。きょうはこれで」

呆気にとられているおよしを残し、新吾は逃げるように立ち去った。

第三章　殺し屋

一

新吾は下屋敷を飛び出した。

頭が混乱していた。まさか、そんなことがと自分の考えを打ち消そうとしたが、これまでの経緯を、その目で振り返れば、すべて腑に落ちるのだ。

綾は病死に見せ掛けて死のうとしているのだ。清次とのことが理由にあるのだろうが、なぜ死ななければならないのか。

ふと気がつくと、幻宗の施療院に向かっていた。

ひとりよがりの考えかもしれない。頭を冷やして、改めて考えるべきかもしれない。幻宗の顔を見れば何かに気づかされるかもしれない。

ようやく、幻宗の施療院に着いた。いつものように土間は患者の履物でいっぱいで、
新吾は裏口にまわった。
女中に挨拶をして板敷きの間に上がる。それから、療治部屋に向かうと、幻宗は患
者を診ていた。
四半刻ほどして、幻宗が厠に立った。新吾は幻宗を追いかけた。
「厠までついてくる気か」
幻宗が呆れたように言ったが、新吾は怯まず、
「申し訳ございません」
と、厠の戸の前に立った。
用を足している幻宗に、
「わざと何も食べず、死のうとしている者にはどう対処すればいいのでしょうか」
と、扉越しにきいた。
幻宗から返事はない。
やがて、用を足した幻宗が厠から出てきた。
「自死は周囲の者に多大な迷惑を及ぼす。だから、病死を装うしかない。自死と誰に
も気づかれず、死ぬ。凄まじい覚悟だ」

幻宗は厳しい顔で、続けた。

「その岩のように固い思いを打ち破るのは並大抵のことではない。根本の理由を探り、そこを解決せねば救うことは無理だ」

「根本の理由を探りだせなかったら……」

「相手の勝ちだ」

そう言い、幻宗は療治部屋に向かいかけた。

「先生」

新吾は呼び止め、

「自死しようとする者を助けることは医師の役目でしょうか」

と、きいた。

「難しい問題だ。医師は病気を治すのが本分だ。病気でない者を治すことは出来まい。だが、助けなければならぬ。そして、そういう者を助けようとする気持ちの持ち主こそ、医者に求められる資質だ」

幻宗はそう言い、去って行く。

その背中は大きく、巨木のように思えた。

迷いが吹っ切れ、新吾は幻宗の後ろ姿に思わず頭を下げていた。

幻宗の施療院を出て、新吾は亀戸町に向かった。

二ノ橋を渡り、竪川に沿った通りを東に向かう。空っ風が真横から吹きつけている。横川を越えると、寒々とした田園風景が広がっていた。

十間川《じつけん》を渡って今度は川沿いを北に向かう。前方に亀戸天満宮の杜《もり》が見える。亀戸町にやって来た。途中で擦れ違った行商人の男に『植政』の場所をきいた。親方は政五郎《まさごろう》というらしい。

教えてもらったように亀戸天満宮の裏の方に行くと、庭に植木がたくさん並んでいる柴垣の家が見えた。

門に近づくと、庭に背中に政の字が染め抜いてある半纏《はんてん》姿の四十絡みの男がいて、鋏《はさみ》を使って庭木の剪定《せんてい》をしていた。

新吾は門を入り、

「もし、お訊ねします」

と、声をかけた。

「政五郎親方でございますか」

「そうだが」

大きな目を向けて答える。

「私は松江藩の藩医で宇津木新吾と申します」

「松江藩？」

「はい。四月《よつき》ほど前、松江藩の下屋敷の庭の手入れをなさったと聞いたのですが」

「松江藩にはよく行く。確か、四月前も行ったはずだ」

「何人か職人さんを連れて行ったのですか」

新吾はさらにきくと、政五郎は眉根を寄せ、

「おまえさんは医師だというのに、なんでそんなことをきくんだね」

と、不審そうな顔をした。

「じつは、清次という男を捜しているんです」

「清次？」

「ご存じですか」

「いや、知らない」

「じつは清次という男が下屋敷に入ったかどうかを知りたいのです」

「どういうことだ？　何か問題になっているのか」

「そういうことはありません。ただ、入ったかどうかを知りたいだけなんです」

「なんだかよくわからねえな」

政五郎は不服そうに言う。

「すみません、下屋敷に連れて行った職人さんは皆親方が知っているひとたちですね」

「そうだ、それがどうした？」

「その中に清次という男が紛れてなかったかと思いましてね。清次は二十七、八歳、細身で色白のきりりとした男だそうです」

「……」

政五郎の表情が動いた。

「いかがですか」

手応えを感じて、新吾は迫るようにきいた。

「このことが何か問題になっているわけじゃないんだな」

政五郎はまた懸念を口にした。

「ええ。違います。それに、親方から聞いたことは誰にも言いません。ですから、安心してお話ししてください」

「うむ」

政五郎は難しい顔で頷いてから、

「じつは、二十七、八の遊び人ふうの男を下屋敷に連れて行った」

政五郎は白状した。

「その男を前から知っていたのですか」

「いや、知らない」

「その男は植木職人ではないはずですが」

「うむ」

政五郎は顎に手をやり、

「下屋敷には三日間入ったんだ。一日目が終わったあと、ここにその男がやって来て、下屋敷に妹が奉公している。妹にひと目会いたいのでいっしょに連れて行ってくれないかと頼むんだよ」

「信じられたのですか」

「殿さまの側室付きの女中をしていると言っていた。側室の名前も知っていた。嘘をついているようには思えなかった。それに」

「それになんですか」

「いや」

親方は言いよどんだ。

「ひょっとして御礼をするからと言われたのでは？」

「まあ、そうだ」

「ちなみにいくら？」

「そんなこといいじゃねえか。それより、その男はおまえさんが捜している清次って男じゃないぜ」

「どうしてわかるのですか」

「清次は細身で色白だと言っていたな。俺が連れ込んだ男は二十七、八で小肥りで、浅黒い顔をしていた。別人だ」

清次の特徴は三年前のことだ。その後の暮らしで日に焼けたのかもしれない。また、肥ったかもしれない。

「念のために、その男に会ってみたいのですが、どこにいるのか、ご存じではありませんか」

「知らねえ。それっきりだ」

親方は顔をしかめ、

「妹が奉公しているってのは嘘なのか」

と、不安そうにきいた。

「いいえ、嘘ではないと思います」

「なら、妹にきけばいいじゃねえか」

「話してくれないのです」

「どうしてだ？　隠さなきゃならねえわけでもあるのか」

「じつは兄妹ではなく、男女の間柄のようなんです。それで、隠しているんです」

「恋仲……」

「恋仲だと親方が許してくれないと思って兄妹にしたのでしょう」

「そうか。どうもへんだと思っていたんだ。兄妹なら正々堂々と正面から会いに行けばいいじゃねえかと言ったら、そこまで大仰にしたくないと言っていた。また、自分みたいな兄が訪ねてきたことで、妹にどんな迷惑がかかるかもしれないからと。騙されたか」

親方は口惜《くや》しそうに顔をしかめた。

「その男は親方たちが庭の手入れをしているとき、女中に会いに母家のほうに行ったんですね」

「行った。少し長いので心配したが、半刻後に戻ってきた。おかげで、妹とゆっくり話し合うことが出来ましたと喜んでいた。俺はいいことをしてやったと思ったんだ」

「で、それは一度だけなんですね」

「そうだ」

政五郎は答えたが、

「それより、その男を下屋敷に連れて行ったのは四月前じゃないぜ。ふた月前だ」

「ちょっと待ってください。ふた月前って、何かの間違いではありませんか」

新吾は戸惑いながらきいた。

「下屋敷には四月前とふた月前に行っている。四月前は庭木の剪定だったが、ふた月前は強風と大雨で庭木が倒れたのを直しに入った。男を連れて行ったのはふた月前だ」

「それに間違いないのですか」

「間違いない。ふた月前だ」

どういうことだと、新吾は頭が混乱した。ふた月前では、清次らしき男は忍んできていないはずだ。

「その男はその後、顔を出していないのですか」

「ああ、あれから顔を見ていない」

「他の職人さんも知らないでしょうか」

新吾は縋るようにきいた。

「知らないだろう」

そう言ったあとで、政五郎はあっと声を上げた。

「そうだ。一度、敏松《としまつ》という職人がどこかで見かけたと言っていたな」

「敏松さんは今はどちらに？」

「近くまで行っている。そろそろ帰ってくるころだ」

政五郎はあっさり言う。

「では、待たせてもらってもいいですか」

「ああ、いいぜ」

「ちなみに、その男はなんと名乗っていましたか」

「平吉《へいきち》って名乗っていた」

そう言い、親方は剪定にかかったが、新吾は思いついてきいた。

「親方は松江藩の下屋敷で側室の綾さまにお会いしたことはありますか」

「何度かある、綾さまが庭を散策していて、ごくろうさまと声をかけていただいたんだ。美しいお方だった」

「それはいつですか」

「去年だ」

「四月前はお会いには？」

「お見かけしてないな」

政五郎は答えたあとで、

「あっ、帰ってきた」

と、門のほうに目をやった。

新吾もそこに目を向けると、尻端折りをして、紺の股引きに半纏を着た三人の男が道具を抱えて帰ってきた。

「親方、終わりました」

三人の中の年嵩《としかさ》の男が挨拶をする。

「ごくろう」

親方はねぎらってから、

「敏松」

と、若い男に声をかけた。

「ふた月前、松江藩の下屋敷の仕事で、二十七、八の男を連れていってやったことがあったな。平吉って男だ」

「ええ」

敏松はあっさり頷く。

「あのあと、おめえはその男をどこぞで見かけたと言っていた。どこで見たんだ?」

「薬研堀《やげんぼり》の料理屋の庭で仕事をした帰りに元柳橋《もとやなぎばし》で見かけました」

「こちらの方が、その男のことできたいそうだ」

政五郎は新吾を引き合わせた。

「宇津木新吾と申します。その平吉という男を見かけたのはいつごろのことでしょうか」

「ひと月ほど前です」

「元柳橋で何をしていたのかわかりますか」

「元柳橋のそばにある柳の木の陰に立っていたんです。あっしに気づくと、あわててどこかに行ってしまいました」

「平吉はひとりだったのですね」

「そうです」

「その一度だけですか」

「そうです」

敏松は頷いた。

「ひと月前ということですが、はっきりした日にちはわかりませんか」

新吾は確かめた。

「さあ」

敏松は首をひねった。

が、すぐ思い出したようだ。

「日にちははっきり覚えていませんが、料理屋の庭の手入れをしているとき、そこの下男《しもおとこ》が薬研堀で昨夜ひと殺しがあったと話していました。その頃です。あっしらはその料理屋の仕事に三日かかっています。たぶん、最後の日にそんな話を聞いたのだと思います」

「ちょっと待ってください。薬研堀でひと殺しがあったのですか」

「ええ、遊び人が殺されたそうです」

「遊び人……」

新吾は息を呑んだ。

清次は三年前までは小間物の行商をしていたが、綾と別れてから行方《ゆくえ》知れずになった。手切れ金を元手にどこぞでまっとうな商売をはじめたのならいいが、もしその金のせいで身を持ち崩したら……。

殺された男について津久井半兵衛にきいてみたいと、気が急いた。

「わかりました。ありがとうございました」

と、政五郎と敏松に礼を言い、新吾は引き上げた。

想像はある程度は間違っていなかったが、清次らしき男が下屋敷に忍んできたのは三月前からで、ふた月前にはもう姿を見せなくなっていたのだ。

清次は植木職人に交じって下屋敷に入り込み、綾に近づいたのだと考えていたが、話が違ってきた。

ふた月前に植木職人になりすまして下屋敷に入り込んだのは清次ではない。清次はすでに三月前に下屋敷に忍び込んで綾と会っていたのだ。

それからも、たびたび清次は下屋敷に忍んで行き、綾も雨戸を開けて清次を引き入れて逢瀬を楽しんだ。その一方で、嘉明公を裏切っていることの深い負い目に苦しみ、綾は胃に潰瘍が出来た。胃の潰瘍は藩医の療治によって治ったが、新たな事態に陥った。ふたりの仲を古森市次郎に知られたのだ。

清次はどうなったか。ふたりは再び引き裂かれた。いや、それだけではすまないはずだ。清次はこらしめのため、そして二度と綾の前に現われないように……。

清次はすでに殺されている公算が大きい。薬研堀の殺しが気になる。殺したのは古森市次郎か、それとも下屋敷から知らせを受けた家老の宇部治兵衛が手をまわしたか。

この騒ぎは決して嘉明公の耳に入らないように手を打ったはずだ。

綾は清次が殺された失望から生きていく気力をなくした。だが、自死は出来ない。不義の果ての勝手な死は嘉明公に対する裏切りであり、実家の『河村屋』の御用達の名誉も取り消されるかもしれない。

だから、食事を摂らず餓死か栄養失調で死んで行く手立てを考えたのだ。この考えは大きく間違っていないと、新吾は思った。

二

亀戸の『植政』を引き上げ、回向院《えこういん》前を過ぎて両国橋を渡った。

植木職人になりすました男平吉は綾とは無関係だったのだ。平吉は奥女中の誰かと会うためだったのかもしれない。

まさか、およしではないかと思ったが、それは違うだろう。庭師の話を持ち出したのはおよしなのだから。

橋を渡り切り、薬研堀に向かった。

平吉という男が立っていたという橋の袂にやって来た。その男は清次ではない。だが、植木職人の敏松が平吉を見たという日の前日にこの薬研堀でひと殺しがあったという。まさかとは思うが、殺されたのは清次ではないか。

しばし、橋の袂で清次のことに思いを馳せたあとで、新吾はその場から離れた。

近くの自身番《じしんばん》に寄り、岡っ引きの升吉の家をきいた。

岩本町《いわもと》で、かみさんが呑み屋をやっているという。

新吾は岩本町に向かった。陽は傾き、岩本町に入ったときには空は紺色に染まり出していた。

赤い提灯《ちょうちん》の明かりが灯っているのが升吉のかみさんがやっている呑み屋のようだ。すでに暖簾《のれん》が出ていた。

新吾は戸口に立ち、戸障子を開けた。小上がりに職人ふうの男の客がふたりいた。

「いらっしゃい」

女将らしい切れ長の目をした女が出てきた。升吉のかみさんだろう。

「すみません。客ではないんです。升吉親分に……」

客の耳を憚《はばか》り、新吾は小声で言う。

「横に入口がありますから、そっちにまわっていただけますか」

女将は言う。

「わかりました」

新吾はすぐ戸を閉めた。

店の隣に格子戸の戸口があった。新吾は戸を開けて、奥に向かって声をかける。

すぐ隣の部屋から、誰だという声がかかった。

「宇津木新吾と申します。升吉親分、いらっしゃいますか」

「宇津木先生ですって」

そう言いながら、すぐ奥の部屋から升吉が出てきた。羽織は脱いでいたが、まだ尻端折りをしたままだ。

「これは宇津木先生。ちょうど帰ったばかりでして」

「そうでしたか。あわただしいところにすみません」

「いや、いいんですよ。で、何か」

「ちょっとお伺いしたいことがありまして」

「そうですか。どうぞ、お上がりを」

「いえ、ここで」

「ここじゃ、寒いでしょう。さあ」

勧められて、新吾も頷き、

「では、失礼させていただきます」

と、部屋に上がった。

奥の部屋は居間になっていて、長火鉢の前に升吉は腰を下ろした。火鉢には火が熾《お》きていて、部屋はほのかに暖かかった。

新吾は長火鉢をはさんで升吉と向かい合った。

「話ってなんですね」

升吉が口をきいた。

「ふた月ほど前、薬研堀で男が殺されたそうですね」

新吾は切り出す。

「ええ。それが？」

升吉は表情を引き締めた。

「下手人は捕まったのですか」

「いえ。まだです」

升吉は顔をしかめた。

「殺された男の死因は？」

「匕首《あいくち》で刺されていました」

「匕首ですか」

刀ではなかった。下手人は古森市次郎ではないようだ。

「殺された男の名は？」

「それがわからないのです。身許を示すものは持っておらず、行方知れずの届け出の中にもいないのです」

「特徴は？」

「大柄で四角い顔をしていました。年の頃は三十過ぎでしょうか」

「そうですか」

清次ではなかった。新吾は思わずため息をついた。

「宇津木先生、何か心当たりでも？」

升吉が鋭くきいた。

「いえ、私の思い違いでした。じつは清次という男がふた月ほど前から姿を消しているのです。それで、もしやと思ったのですが、特徴が違いました」

「清次という男の特徴は？」

「歳は二十七、八、細身で色白のきりりとした顔だちです」

聞いていた清次の特徴を言う。

「確かに違いますね。先生とはどのようなお知り合いなのですか」

「私の患者の知り合いなのです」

「清次には殺されるわけでもあるんですかえ」

「いえ、そういうわけではないのですが。ただ、姿を見せなくなった時期が重なったので、ひょっとしたらと考えたのです」

「いちおう、清次という男のことは頭に入れておきます。津久井の旦那に身許不明の死体を調べてもらいます」

升吉は言った。

「お願いします」

新吾は頭を下げたとき、ふいに浮かんだことがあって、

「その後、稲荷小僧のほうはいかがですか」

と、口にした。

「その後、まだ動きはありません」

升吉は首を横に振る。

「手掛かりはないのですか」

「ありません。盗みが行われたあと、盛り場で派手に遊んでいる者たちを徹底的に調べたのですが、皆違いました」

「稲荷小僧はいつから盗みをはじめたのですか」

「二年ほど前だと思われます」

「大名屋敷だけを狙っているのですか」

「そうです。警戒が手薄なのと、体面から被害を訴えないからでしょう」

「ふた月前、どうして松江藩だったのでしょうか」

「さあ。そこはなんとも」

升吉は呟いたが、

「何か、引っ掛かることがあるのですか」

と、きいた。

「いえ。どうもお邪魔《じゃま》しました」

挨拶をして立ち上がったとき、さきほどの女将が現れた。

「あら、お帰りですか。今、お茶を差し上げようと思ったのですが」

「ありがとうございます。もう、引き上げますので」

新吾は礼を言い、出口に向かった。

外に出たときは、辺りは薄暗くなっていた。

薬研堀のホトケは清次ではなかった。やはり、清次は古森市次郎に殺されたのではないか。その思いがますます強まった。

日本橋小舟町の家に帰ると、通い患者は引き上げたあとで、きょうの診療は終わっていた。

裏口から入ると、迎えに出た香保が、

「伊東玄朴《いとうげんぼく》さまがお待ちです」

と、伝えた。

「玄朴さまが?」

伊東玄朴は長崎の『鳴滝塾』でシーボルトから西洋医学を学んだ。シーボルト事件に巻き込まれたひとりだ。

師の息子オランダ通詞猪俣源三郎《いのまたげんざぶろう》が幕府天文方《てんもんかた》兼書物奉行である高橋景保《たかばしかげやす》から頼まれた日本地図をシーボルトに届けたのが玄朴だった。しかし、町奉行の追及にも最後まで、中味を知らなかったとしらを切り通したという。

シーボルト事件の連座を免れた玄朴は、本所番場町《ほんじょばんば》に医院を開業し、その後、下谷《したや》長者町《ちょうじゃ》に引っ越した。

新吾は長崎遊学で何度か会ったことがある。

「玄朴さま」

新吾は声をかけた。

「すまぬ、待たせてもらった」

玄朴は振り向いた。頬骨が突き出て、眼光も鋭い。新吾より六つ年上の二十九歳であるが、苦労しているせいかもっと年上に思えた。

差し向かいになってから、玄朴は自嘲《じちょう》ぎみに、

「そなたもたいしたものだ。松江藩の番医師だそうではないか」

「いえ、たまたまそういうことになっただけでして」

高野長英が推挙してくれたことは口にしないでおいた。『鳴滝塾』では高野長英と並び称される人物だったが、ふたりはお互いに相いれないのだ。

しかし、新吾は長英にも玄朴にも尊敬の念を抱いていた。特に、新吾は玄朴に言われたことが胸に突き刺さっていた。

新吾は医師としての最善の姿を幻宗に見い出し、手本とし、富や栄達を望まず、貧しいひとの役に立ちたいという希望をもつようになった。

このことに対して、玄朴はこう言ったのだ。

恵まれた環境で長崎遊学をして医者になったから患者をただで診るという考えが出来るのだと。

貧農の家に生まれた玄朴は隣村に住む医者の下男をしながら医学の勉強をした。長崎に行っても寺男《てらおとこ》として働きながら医学を学んだ。食う物にも事欠く暮らしをしながら医家の道を突き進んだのだ。

富や栄達を望まないという新吾の甘っちょろい考えを批判しただけあって、医者になろうとする思いは人一倍強かった。俺は、貧しさから逃れようと富や栄達を求めたからこそ、その思いが力となって堪えがたい苦労を乗り越えることが出来たのだと、玄朴は言った。

玄朴の言葉を聞いたとき、新吾の脳裏を香保の父上島漠泉の姿が掠めたのだ。今は一介の町医者として暮らす漠泉の神々《こうごう》しさは、富や栄達を手に入れた人間だからこそ示せる姿ではないのか。

富や栄達を求めることも決して悪いものではないと悟ったのは、玄朴の言葉と漠泉の今の姿だった。

玄朴は単に富と栄達を求めるだけの医者ではない。病人に対して真摯《しんし》に向き合う姿勢は高野長英も認めていた。

「玄朴さま。今夜はゆっくりしていっていただけるのでしょう。今、酒の支度をさせます。今宵はいろいろな話をお聞かせください」

新吾が香保を呼ぼうとしたとき、

「いや、明日も朝が早いのでな。すぐお暇《いとま》をする」

「そんなこと仰らず」

「きょうは、そなたの番医師になった祝いを言いにきたのと、俺も肥前《ひぜん》藩の士分に取り立てられそうなのだ」

「肥前藩の士分ですって」

「そうだ。わずかでも扶持をもらえる」

「それはおめでとうございます」

「なあに、一里塚に過ぎぬ。俺の望みは幕府の奥医師になることだ。富と名声が、俺の狙いだ」

玄朴は富と名声を得るために医術の研鑽《けんさん》に務め、そして患者には丁寧に接した。

「今度、ゆっくり会おう」

玄朴は腰を上げた。

「玄朴さま」

新吾は迷ったが、思い切って口にした。

「高野長英さまが江戸にお戻りなのをご存じですか」

「なに、長英が江戸に？」

玄朴は不快そうな顔をした。

「はい。麴町で町医者をしながら、蘭学を教えています」

「蘭学塾か」

玄朴は眉根を寄せた。

「医業だけでは食べていけないので蘭学を教えることになったそうです」

「奴には、蘭学を教えることが主なのだ」

「えっ、どういうことですか」

「俺とは生き方が違うということだ。そなたも、長英に引きずられるな」

そう言い、玄朴は部屋を出た。

香保が驚いたように、

「もうお帰りですか」

と、きいた。

「ええ。また、改めて参ります。お邪魔しました」

玄朴は丁寧に言う。

「途中まで、お見送りしてくる」

香保に言い、新吾は玄朴といっしょに外に出た。

「寒いから、適当なところで帰れ」

本町通《ほんちょうどお》りに入って、玄朴が言う。

「いえ、もう少し」

「いい月だ」

玄朴は空を見上げた。月影がさやかであった。

「美しい妻女《さいじょ》どのだ。そなたは仕合わせ者だ」

「教えていただきたいことがあるのですが」

新吾は口にした。

「なんだ？」

「ひとは物を食べないとどうなるのでしょうか」

「断食という意味か」

「修行のためでなく、死ぬためにわざと食事を摂らないとどうなりましょうか」

玄朴は立ち止まり、目を剝いて新吾を見つめたが、

「餓死する。栄養がとれず、体力がなくなると、なんらかの病気に感染しやすくなる」

と、顔を正面に戻して再び歩きだした。

「物を食べずに死ぬことが出来るのですね」

「当たり前だ、天明《てんめい》の飢饉のとき、かなりの餓死者がでたのだ。だが、飢饉は食べ物がなくて餓死するのだが、食べ物があるのに食べずに餓死しようとするのはよほどの覚悟がいるだろうな。首をくくるなり、刃物を使うなり、もっと楽な死に方があるのにそんな自死を選ぶ者がいるのか」

「自死だと見破られないような死に方を選んだということです」

「そこまで覚悟させる理由があるということか」

玄朴は言ってから、

「今、そなたが診ている患者のことか」

「はい」

「なぜ、そこまでして死なねばならぬのか」

玄朴は痛ましげに言い、

「その患者に自死を覚悟させたわけを解決しなければ患者を助けることは出来ぬ。医者としてよりひととして、そなたはためされているのかもしれぬな。だが、そなたなら出来る」

「……」

長英と同じようなことを言った。

日本橋の大通りに出て、

「もうよい」

と、玄朴が言う。

「また、会おう」

「はい」

去って行く玄朴の後ろ姿は自信に満ちているようだった。高野長英と伊東玄朴。真逆なふたりとの出会いは自分にとって大きな財産だと、新吾は思った。

玄朴の姿が視界から消えると急に寒さを覚えた。新吾は香保の待つ家に急いで帰って行った。

三

翌朝、家々の屋根も霜でうっすら白くなっていた。凍てつくような冷気も陽が射すにつれ、いくぶん和らいでいた。

新吾は上屋敷に行き、家老屋敷を訪ね、宇部治兵衛に面会を求めた。

客間で四半刻ほど待たされて、ようやく治兵衛が現われた。

「朝早く、申し訳ありません。ご執務に入られる前にと思いまして」

新吾は早朝の訪問を詫びてから、

「さっそくですが、綾さまが嘉明公の側室になられた経緯についてお聞きしたいのですが」

と、切り出した。

「今さらのような気もするが」

「いえ、綾さまの病はそこからはじまっているようなのです」

「そこから？」

治兵衛の表情が厳しくなった。

「綾さまは一時期、上屋敷に女中奉公をなさっていたとお伺いしましたが」

「そうだ。その際に、殿が見初めたのだ」

「側室になられたのが奉公をやめて一年後だとか」

「そう聞いている」

「ご家老はこのことについては？」

「わしはあまり関わっておらぬ」

「高見左近さまが動いていらっしゃったのですね」

「そうだ」

「綾さまには好きな男がいたことをご存じだったでしょうか」

新吾は矢継ぎ早にきく。

「詳しくは知らぬ」

「当時はご存じなかったとしても最近になって知ったということはございませんか」

「なぜ、そのようなことをきく？」

治兵衛は煩《わずら》わしそうな顔をした。

新吾は構わず続けた。

「綾さまの好きな男は清次と言います。三年前、側室になられるとき、ご当家から清次に手切れ金が渡ったのではないかと思うのですが」

「……」

治兵衛の目が鈍く光った。

「男と手を切り、お綾と呼ばれた娘は嘉明公の側室になったのです」

新吾は言い切る。

「詳しくは聞いていない」

治兵衛は同じことを言った。

「三月ほど前、この清次という男が下屋敷に忍び入り、綾さまとお会いになった形跡があるのです。その後も、密会を続けていたのではないかと思われます」

「……」

「ところが、この忍び会いが明るみに出ることになった。ご家老はその知らせを受けてはおりませんか」

「いや、知らぬ」

治兵衛は否定した。

「綾さまが心を病んだのは清次との密会が明るみに出たことが影響しているのではないかと私は思っています」

「そなたの言うようなことは、わしの耳に入っておらぬ」

「そのことが事実だとしたら」

新吾は息を継いでから、

「ご家老に知らせず、下屋敷の者だけで始末をつけたのでしょうか」

と、問いかける。

「そもそも、清次とか申す男と綾さまの密会はほんとうなのか。その証があるのか」

治兵衛は問い返す。

「奥女中が、何度か御殿の奥から出て行く男を見ていました。誰かが中に男を引き入れたのは間違いありません」

「果たして、その男は綾さまと会っていたのか。その女中の見間違いか、他の女中のところだったのではないか」

「いえ、見間違いではありません。他の女中ということは考えられなくはありませんが、女中がそんな大胆なことをするとは思えません。やはり、忍び込んできたのは清次だと考える他ありません。第一、綾さまの病気がそれを物語っています」

「どうせよと言うのだ？」

治兵衛は顔をしかめた。

「下屋敷で何があったのか調べていただきたいのです。このことを綾さまに直にぶつけてもとぼけられるだけですので」

「そなたは何があったのだと思っているのだ?」

「おそらく、清次は生きていまいと」

「……」

「そのことを知って、綾さまは物を食べずに自死しようとしているのではないかと」

「なに、自死だと」

治兵衛は目を剝いた。

「はい、綾さまは食事が出来ないのではありません。わざと物を口に入れないのです。死のうとして」

「まさか」

治兵衛は口元を歪め、

「そなたは確かな証があって言っておるのか」

と、叱るように言う。

「いえ、確かな証はありません」

新吾は正直に答える。

「それでは妄想でしかないのではないか」

「もちろん、綾さまのお体のどこにも不調がないというのは、私の見立て違いということも十分に考えられます。確かに」

間を置いて続ける。

「幻宗先生もよく仰っています。今の医学は万人を救えない、医者の力は微々たるものだと。綾さまの病も今の医者の技量では敵わない難病かもしれません。しかし、もろもろのことを考え併せれば、わざと病気になろうとしているとしか思えないのです」

新吾は膝を進め、

「このままでは確実に綾さまは死にます」

と、訴える。

「ご家老さま、どうか下屋敷で何かなかったかを調べてはいただけませんか」

「仮に」

治兵衛は沈んだ声で口を開いた。

「そなたの言うとおりであったとしても、どうやって綾さまの自死を思い止まらせるのだ。清次という男が殺されたことが死ぬ理由だとしたら、いくら真相を明らかにしたところで、死を思い止まらせることが出来ようか」

「仰るとおりです」

新吾は素直に認めた。

「しかし、すべてを知って接するほうが何も知らないより綾さまのお心を慰撫出来るはずです。そこに活路を見出すことが出来るかもしれません」

「僅《わず》かでしかないな」

「はい。ですが、今のままでは黙って死を迎えるだけです」

「わかった」

治兵衛はため息をついた。

「ただ、お気をつけていただきたいのは……」

新吾は懸念を口にする。

「清次と綾さまとのことを知っているのは下屋敷の一部の方かもしれません」

「うむ。慎重に確かめてみよう。今日にも綾さまの見舞いに行ってみる。明朝、来てもらおう」

「はい。お願いいたします」

そう頼んだが、新吾の不安は消えない。

そもそも、清次を始末するように命じたのは治兵衛かもしれないのだ。そうだとしたら、いまの頼みごとは何ら意味をなさないことになる。

治兵衛は高見左近から一切のことを聞いているのではないか。だから、当然清次とのことを金で片づけたことも知っているはずだ。

ともかく、明日、綾の見舞いに赴いた治兵衛がどう新吾に語るのか、そこで治兵衛の本性がわかるかもしれない。

「失礼いたしました」

新吾は挨拶をして腰を上げた。

御殿に行き、詰所に行くと、誰もいなかった。病人が出て、診察に行っているのかもしれない。

新吾が部屋に落ち着いて四半刻ばかり経って、麻田玉林が戻ってきた。

「来ていたのか」

玉林は笑みを浮かべながら、新吾の近くに腰を下ろした。

「御用人どのが目眩《めまい》がすると申してな」

「いかがでございましたか」

「たいしたことはない。少し横になっていれば治る」

玉林は安堵《あんど》したように言う。

「それはよございました」

「きょうは？」

「ご家老にお話がありまして」

「綾さまのことか」

「はい」

「どうなのだ？」

「厳しい状況です」

「そうであろう」

玉林はわかりきったように言う。

「いつぞや、私が綾さまの療治を任されたわけは、自明のことと仰いました。あれはどういうことだったのでございましょうか」

「まだ、覚えていたのか」

玉林は微かに眉根を寄せた。

「はい。気になっていました。何が自明なのか」

「たいしたことではない。それに、そなただって、薄々気づいているだろう」

「いえ」

新吾は首を横に振った。

「仕方ない」

玉林はわざとらしく大きくため息をついて、

「そなたが綾さまの療治を任されたのは、近習医どのが逃げたからだ」

「逃げた？」

「殿寵愛《ちょうあい》の側室を助けることが出来ず、死を看取った医師になりたくなかったのだ。それだけでなく、どうせ助からない命に労力を注ぐのは無駄だと思っているのだ。そなたは貧乏籤を引いたと言ったはずだ」

「それは、玉林さまのお考えですか」

「そうではない。近習医どのがそのようなことを仰っていた」

「そうですか」

新吾は憤然となった。

潤斎も含め、近習医は綾が助からないと決めつけたのだ。医者なら最後まで治そうと尽くすべきではないか。

ましてや、自分が関わっているときに側室が亡くなったら困るという理由で療治から逃げるとは……。新吾は怒りで体が震えてきた。

「失礼します」

若い武士が声をかけ、襖を開けた。

「潤斎先生が宇津木先生をお呼びにございます」

「潤斎先生が？」

はて、何の用だろうと、新吾は訝った。ひょっとして、家老から潤斎に何か話がいったのかもしれない。

「すぐ参ります」

「ご案内いたします」

若い武士は言う。

「近習医の詰所ではないのですか」

「隣の小部屋に、お通しするようにと」

「わかりました」

新吾は立ち上がった。

「では、行ってきます」

玉林に言うと、

「今の話、潤斎さまに言ってくれるな。いいな」

と、小声で注意をした。

新吾は黙って頷き、部屋を出た。

若い武士の案内で、近習医の詰所の隣の部屋に入った。

若い武士が立ち去ったあと、総髪の花村潤斎が入ってきた。新吾は低頭して迎えた。

潤斎は目の前に座り、

「ひとにきかれたくないので、ここに来てもらった」

と、口を開いた。

「何か」

新吾は用件を促した。

「綾さまの様子は？」

潤斎はきいた。

「厳しい状況にあります」

「そうか」

大きな目を細くして、潤斎は頷く。

「しかし、なんとしてでもお助けしたいと思います」

「助けられるか」

「潤斎さま。綾さまは病気を装い、食事も摂らずに自ら死のうとしているのです」

「ご家老からきいたが、そんなことがあろうか」

潤斎は家老からきいたとあっさり言った。

「潤斎さまのお見立てのように綾さまには体のどこにも不調はありません。胃潰瘍も治っております」

「なぜ、綾さまは死なねばならぬのだ？」

「綾さまには相思相愛の清次という男がおりました。清次と別れ、側室になられたのです。ところが、三月ほど前にふたりは再会し、清次は下屋敷に忍んで密会をしていたのです」

「……」

「ところが、警固の者に見つかり、清次は成敗されたのに違いありません」

「清次という男が死んだのは間違いないのか」

「いえ、そのように推測しているだけです」

「では、事実ではないのだな」

「はい。確証はありません。警固の者も、決して綾さまのところに忍んできた男を斬ったとは明らかにしないはずです。綾さまが男を引き入れていたなどと、嘉明公の耳には入らないように闇から闇に葬ったはずです」

「ずいぶん乱暴ではないか。確証もないのに、さもそれが事実であるかのように……」

潤斎は呆れたように言う。

「無茶なのは承知しております。なれど、急がないと手遅れになるのです」

「何を急ぐのだ？」

「呑気に構えていたら綾さまの命が持ちません。死のうとするわけを早急に調べなければならないのです。そのことを綾さまに突き付けて自死を思い留まらせないと……」

新吾は訴えた。

「それで、ご家老に訴えたのか」

「はい」

「ご家老はそなたの話をどこまで信じたろうか」

「そこまではわかりません。しかし、綾さまが衰弱していっていることは事実です。動いてくれると信じています。もし動いてくれなければ……」

新吾は言葉を呑んだ。

「もし動いてくれなければ、どうするのだね」

「私が調べます」

「そうか」

潤斎はにやりと笑った。

「やはり、そなたは長英が言ったとおりの男だ」

「長英？　高野長英さまですか」

「そうだ。長英は江戸に戻ったとき、わしを訪ねてきた」

「以前からお知り合いだったのですか」

「いや、京にいる蘭学者からきいて訪ねてきた。それから懇意にしている」

「そうでしたか」

新吾は頷いた。

「わしはご家老に頼まれて綾さまを診た。わしの見立ても心の病かもしれないと思った。そのことを長英に相談したとき、それなら宇津木新吾に任せた方がいいと言ったのだ。医者の領分を越えて患者のために尽くす。心の病を治すにはそういう男こそ打って付けだとな」

「……」

「それでご家老に薦めたのだ。病人を助けるためなら近習医も番医師もないとな。他の近習医は不満を持つどころか、責任から逃れられると喜んでいた」

潤斎は侮蔑のように口元を歪めた。

「そうでしたか」

「わしも綾さまは心の病と思ったが、まさか自死を狙っているとは想像もつかなかった。いや、誰もそこまで気がつくまい」

潤斎は新吾を讃《たた》えた。

「いえ、あくまでも私のひとりよがりの想像に過ぎません」

「いや。その目を見れば、わしも腑に落ちる。なんとしてでも、綾さまをお助けいたすのだ」

「はい。やってみます」

新吾は自分自身にも言い聞かせるように言った。

昼近くになって、新吾は上屋敷を出た。三味線堀の脇を通り、神田川にかかる新シ橋を渡り、柳原通りから両国広小路《ひろこうじ》に向かった。

新吾が向かったのは薬研堀だった。そこにかかる元柳橋の袂に、平吉が立っていた。

その男のことがどうしても気になってならない。その前日に遊び人ふうの男が殺されているのだ。

しかし、平吉が立っていたのはふた月も前のことだ。何をしていたのか、今さら知ることは出来ない。

ただ、ここに立っていると、あれこれ考えることが出来る。大川からの冷気を含んだ風が顔に当たる。

あの男はなんのために下屋敷に入り込んだのだろうか。奥女中に会うためだろうか。

それとも、綾か。

綾のもとには、清次が忍んでいたのだ。しかし、清次はふた月ぐらい前から下屋敷に現われなくなったと思われる。この頃から、綾は食欲がなくなっていったのだ。

ひょっとして、男は清次の仲間か。植木職人になりすまして綾に会い、清次が死んだことを知らせたとは考えられないか。

つまり、清次はそれ以前に殺されていたのだ。殺ったのは古森市次郎であろう。市次郎は下屋敷を引き上げる清次を待ち伏せて、斬り捨てた。

清次の死体は市次郎の手の者がどこかに隠した。しかし、仲間の男は清次が殺されたことを知り、綾に知らせたのだ。

綾は自分も清次のあとを追おうとした。しかし、自死であれば御用達になっている実家に迷惑をかけ、嘉明公も傷つけることになる。自死と気づかれぬような死に方をしようと食事を摂らないことにしたのだ。

しかし、いくつかわからないことがある。まず、清次はいつ下屋敷に侵入して綾と再会したのか。それより、どうやって清次は下屋敷に忍び込んだのか。

平吉と清次はどのような関係か。清次が殺されたことを知っているなら、清次の死体はどこにあるのか。

背後の足音に振り返ると、二十七、八の小肥りの男が近づいてくる。小間物の行商らしく荷物を背負っている。

「あなたは梅吉さん」

清次の同業者の梅吉だった。

「やはり、宇津木先生でしたか」

梅吉は目を細め、

「こんなところで何をなさっているんですね」

と、きいた。

新吾ははっとした。小間物の行商の格好をしているから気付かなかったが、梅吉は小肥りの色白だ。

ひょっとして、平吉と名乗ったのはこの男ではないかと思った。

「清次の手掛かりは摑めましたかえ」

梅吉がきいた。

「いえ。まだ」

新吾は首を横に振ってから、

「梅吉さんはどうしてここに？」

「宇津木先生を見かけたので……」

「そうですか」

この男が平吉かどうか、『植政』の政五郎に顔を見てもらえばわかるが、梅吉をそこまで連れて行くことは難しい。

「梅吉さんは平吉という男をご存じではありませんか」

新吾はあえてそうきいた。

「平吉ですって」

梅吉は怪訝《けげん》な顔をした。

「ふた月ほど前、植木職人になりすまして松江藩の下屋敷に入った男です」

「……」

「それから、その後、この薬研堀で男が殺されたそうですが、その翌日に平吉という男はこの場所に立っていたそうです」

「私にはさっぱりわかりません」

梅吉はとぼけているように思えた。

「梅吉さん。あなたはほんとうは清次さんがどうなったかご存じなのではありませんか」

新吾は迫るようにきいた。

「知りませんよ」

「清次さんは松江藩下屋敷にいる側室綾さまと恋仲だったのです。三月前、清次さんは下屋敷に忍んで綾さまと密会をしていた形跡があります」

新吾は梅吉を見つめ、

「しかし、その密会が見つかってしまい、清次さんは命を狙われる羽目になった」

梅吉は顔をそむけ、堀の近くに移動した。

新吾もついていき、

「清次さんはすでに死んでいるのではありませんか」

と、声を浴びせる。

「植木職人になりすまして松江藩の下屋敷に入った平吉という男は、梅吉さん、あなたではなかったのですか」

「どうして私がそんな真似を」

「綾さまに、清次さんの死を知らせるためではないのですか」

「……」

梅吉の顔色が変わった。

「どうなのですか」

新吾は梅吉の前にまわり、

「綾さまは、清次さんの死を伝えられてから食事を摂っていません」

「えっ?」

「死ぬつもりなんです」

「まさか」

梅吉は頬を歪めた。

「ほんとうです。私はなんとか自死を思い留まらせたいのです。そのために何があったのか、知りたいのです」

「……」

「梅吉さん。清次さんはほんとうに死んでいるのですか、それともどこかに……」

新吾は声をとめた。新吾の声が耳に入っていないのか、梅吉は大川のかなたに目をやって呆然《ぼうぜん》としている。

「梅吉さん」

新吾は呼びかける。

梅吉ははっとしたように顔を向けた。

「やはり、あなたは清次さんのことをご存じなのですね。平吉と名乗って綾さまに会いに行ったのですね」

「宇津木先生、改めてお目にかかります」

そういうや否や、梅吉はいきなり両国広小路のほうに向かって走り去っていった。

やはり、平吉と名乗ったのは、梅吉だと思った。

翌朝、新吾は家老の屋敷で、治兵衛と差し向かいになった。

「綾さまはかなりお痩せになっておられた」

治兵衛は痛ましげに言った。

「はい。滋養の薬を無理にでも呑ませるようにお付きの女中に頼んであります。その薬で、なんとか栄養を保っていますが、それも限界に近づいております」

新吾はやりきれないように言う。

「うむ」

治兵衛は頷いてから、

「古森市次郎に会って話をきいた。何者かが、下屋敷に忍んでいたことに気付いていたそうだ。盗人かと思い、それとなく被害を確かめたが、盗られている物はなかった。その後も、二度ほど不審な影を見たが、逃げられたそうだ。だが、ふた月ほど前からまったく見なくなったと、市次郎は言っていた」

「古森市次郎どのが成敗したのではありませんか」

「それはない」

「偽りを述べているのでは？」

「わしに偽りを言う必要はない」

治兵衛ははっきり言ってから、

「やはり、そなたの言うように、三月ほど前からしばらくの間、清次という男が綾さまに会いに忍んできたことは間違いないようだ。清次は塀を乗り越えてきたようだ。古森市次郎もまさかあの塀を乗り越えてきたことが信じられないと言っていた」

「塀を乗り越えて？」

「そうだ。まるで、盗人のようだ」

「……」

清次は小間物屋だった。細身だというが、身が軽かったのだろうか。

「下屋敷のお方は、誰も忍んでいた者の正体をご存じないのですね」

「ない」

「そうですか」

妙だと思った。ふた月前から清次が下屋敷に現われなくなったのは、清次に魔の手が及んだからだと考えたのだ。

そして、植木職人になりすました梅吉から清次の死を知らされた綾は自死に向かっていったのだ。

しかし、清次を襲ったのは誰だ。古森市次郎、あるいは他の下屋敷の者たちでなければ、誰が清次を……。

それにしても、清次はどうして易々と下屋敷に忍び込むことが出来たのか。誰か、手引きをする者がいたのか。綾に手を貸すものがいたのか。

そのとき、上屋敷に稲荷小僧が忍び込んだという話を思い出した。

「ふた月前の九月に上屋敷に稲荷小僧が忍び込んだそうですね。ご家老は否定なさいましたが」

「……」

「稲荷小僧はなぜ、上屋敷を狙ったのでしょうか」

「なぜ、とは？」

治兵衛が不思議そうにきいた。

「ふた月前ということが気になったのです。下屋敷では清次と綾さまが密会をしていた頃に、上屋敷に稲荷小僧が忍び込んだ。偶然なのでしょうが」

「偶然であろう」

「稲荷小僧が忍び込んだのは奥だそうですね」

「うむ。金は奥にあると思ったのであろう」

「金ですか。金以外に何か奥にございませぬか」

「盗人の狙いは金以外にあるまい」

「九十両近い金が盗まれたそうですね」

「いや、そんなには盗まれていないはずだ。奥方付きの女中が勘違いしていたようで、実際に盗まれたのは十両だった」

「十両？」

「そうだ。松江藩上屋敷に稲荷小僧が忍び込んだが、被害に遭ったのは十両だけ、つまり十両しかなかったことも世間体が悪いということもあって、盗みはなかったことにしたのだ。盗まれたのは十両だけだというのはほんとうだ」

「九十両ではなかった……」

新吾は呟いた。

妙だ。岡っ引きの升吉は、稲荷小僧が松江藩上屋敷で九十両を手に入れたから今月は夜働きをしないという話をしていた。十両しか盗んでいないのなら、手元にある金はふた月も経った今は残り少なくなっているはずだ。

稲荷小僧は他のどこかに忍び込んでいるのか。

「清次という男はほんとうに死んでいるのか」

治兵衛がきいた。

「状況から、そう考えただけです」

「では、まだ生きているかもしれぬのだな」

「いえ、綾さまが死ぬ気になったのは清次が死んだからだと考えたほうが……」

「清次が死んだことを、綾さまはどうして知ったのだ？」

「下屋敷に植木職人になりすました男が入り込みました」

その説明をしたあと、

「その男は清次の同業者だった梅吉といいます。本人を問い詰めましたが、否定はしませんでした」

「では、その男が清次がどうなったかを知っているのだな」

「はい。問い詰めたところ、改めてお目にかかると言って立ち去ってしまいました。もしかしたら、あとで何か打ち明けてくれるかもしれませんが、その話に信憑性があるかどうか、他からも調べておかねばなりませぬ」

「そうだな」

治兵衛は頷き、

「だが、わしは清次なる者が死んだことで、綾さまが自死をするということに疑問を禁じ得ない。綾さまは殿の側室なのだ。殿を裏切ることが信じられぬ」

「しかし、清次らしき男が下屋敷に忍んできていたのは事実です」

「うむ」

「これから綾さまに会ってきます」

「問い詰めるのか」

治兵衛は射るような目を向けた。

その目をしっかと受け止めて、新吾は応じた。

「はい。もはや、一刻の猶予《ゆうよ》もありません。もちろん、最初から正直に話してくれるとは思えません。こちらの考えを話し、綾さまの出方を待ちたいと思います。いかがでしょうか」

「綾さまの件はそなたに任せたのだ。好きなようにやるがよい」

「はっ」

新吾は悲壮な覚悟で答えた。

新吾は上屋敷を出て、新シ橋を渡ってから岩本町に足を向けた。その後、稲荷小僧が出没したかどうか、升吉にもう一度確かめたかった。

途中、豊島《としま》町に差しかかったとき、ちょうど自身番から升吉が出てくるところにはったり出会った。

「親分、ちょうどよかった」

新吾は升吉に近寄って行き、

「今、よろしいですか」

と、確かめてから続ける。

「その後、稲荷小僧は出没していないということでしたね」

「ええ、出ていません。大名屋敷のほうで隠していることも考えられますが、今のところそのような被害の声は聞いていません。九月に松江藩上屋敷から盗んだ九十両の金をまだ使い切っていないのだと思います」

「そのことですが、きょうあるお方に確かめたところ、稲荷小僧に入られたことを認めた上で、盗られた金は十両だったと打ち明けてくれました」

「十両ですって」

「ええ、九十両というのは奥方付きの女中の勘違いだったそうです」

「それはほんとうですかえ」

「ええ、間違いありません。稲荷小僧に入られたことを隠したのも、わずか十両ばかりで騒ぐこともないということだったそうです」

実際は、世間体を気にしたのだ。上屋敷に十両しかなかったと思われるのを避けたのだ。

「稲荷小僧は動いているのかもしれませんね。どこかのお屋敷が世間体を気にして隠しているんです」

升吉は口元を歪めた。

「稲荷小僧について何の手掛かりもないのですか」

「残念ながら」

「姿を見た者は?」

「遠目に見た者はいました。黒い布で頰被《ほおかむ》りをしていたそうですが、それだけじゃどうしようもありません」

「そうですね」

新吾はふと思いついてきいた。

「なぜ、稲荷小僧っていうんですか。誰がつけたのですか」

「さっき言った稲荷小僧を遠目に見たのは、木戸番《きどばん》の男なんです。黒い布で頰被りをした黒装束の男が走って行くのを見かけてあとを追ったそうです。賊は稲荷社の狭い境内《けいだい》に逃げ込んだ。木戸番が境内に駆け込んだら、どこにも賊はいなかったというのです。裏は武家屋敷の塀で、逃げ道はない。賊は稲荷社で消えたというので、そこから稲荷小僧と呼ぶようになったのです。おそらく、武家屋敷の塀を乗り越えたのでしょうが」

「それはどこなんですか」

「深川《ふかがわ》です。もう、二年近く前のことですから」

「稲荷小僧はこれからどこかに忍び込むのでしょうか」

「津久井の旦那にも話をし、改めて警戒を強めます」

升吉は厳しい顔で言った。

新吾は升吉と別れ、両国橋に向かいながら、なぜ稲荷小僧が松江藩上屋敷に忍び込んだのか、そのことを考え続けていた。

五

半刻後、新吾は下屋敷に赴き、綾の寝所に入った。

綾はますます顔色も悪く、顔も痩せ細っていた。滋養の薬を呑ませているので、それでどうにか栄養がとれていた。

新吾は眼底を調べ、呼吸を検め、脈を測った。差し迫った状態ではなかった。

「綾さま、少しお話がございます。ふたりきりで」

新吾はいよいよ切り出した。

「なぜだ。ひとがいてもよい。話しなされ」

綾は言う。

「しかし、綾さまがご側室になられる頃からの話になりますが、よろしいでしょうか」

「……」

「清次さんのことです」

「およし、向こうに」

綾はおよしに言う。

「わかりました」

およしは会釈をして立ち上がった。他の女中もいっしょに部屋を出て行った。

「三年前のことですが」

新吾は切り出した。

「当時、綾さまは清次さんと恋仲だったのですね。その仲を引き裂かれ、嘉明公の側室になられた。清次さんはまとまったお金をもらって、綾さまの前から去って行ったのです」

「……」

綾は天井に厳しい目を向けている。

「手切れ金を手にした清次さんは、その後、どうしたのでしょうか。その金をもとに商売をはじめたとしたら、今は商人として立派にやっているでしょう。でも、金を得て贅沢を覚えたら……」

「そのような話、私には関係ありません」

「しかし、三月ほど前から、清次さんは下屋敷に忍んでくるようになったのではありませんか」

綾が目を見開いた。

「綾さまも、まだ清次さんに未練があった。だから、清次さんを部屋に引き入れていたのではありませんか」

「違います」

綾は強い声で言った。

「清次さんは今、どうしているのですか」

「知りません」

「ふた月ほど前、清次さんの友達で梅吉というひとが植木職人になりすまして下屋敷に入り込み、綾さまに何かを告げたのではありませんか」

「……」

綾は息を呑んだようだ。

「いかがですか」

「知りません」

声に力はない。

新吾は構わず続ける。

「おそらく、梅吉は清次さんが死んだことを告げに来たのではありませんか」

綾は目を閉じた。

「清次さんの死に絶望し、綾さまは清次さんのあとを追おうとした。しかし、自害すれば嘉明公への裏切りとなり、実家が松江藩御用達から外されるかもしれない。だから、綾さまはわざと病気になって死んでいこうとした。餓死への道を歩みだしたのです」

「……」

「綾さま。死んではなりません。あなたさまはもはや嘉明公の側室であり、清次さんとは関わりのないお方なのです。清次さんに何があろうが、それこそ綾さまには関係ありません」

「私は死ぬつもりはありません」

「では、なぜ食事を摂らないのですか」

「摂れないのです」

「そんなはずはありません。綾さまはなんとしてでも病気に打ち勝とうとする気構えに欠けていました」

「……」

「綾さま。どうかお考え直しください。清次さんのことを忘れ、ご自身の仕合わせをお考えください」

新吾は訴える。

「死なせてください」

綾が呟くように言った。

「今、なんと」

「私はこうするしかないのです」

「なぜ、ですか。それほど、清次さんが好きだったのですか。忘れられなくなっていたのですか」

「違います」

綾は強く言った。

「三月前、清次さんがここに忍んできました」

綾が打ち明けた。

「でも、私は過ちを犯していません」

「しかし、何度か忍んできたのではありませんか」

「それは……」

綾は言いさした。

「それはなんですか」

「清次さんは、もう私が知っている清次さんではなくなっていたんです」

天井に目を向けたまま、綾は苦しそうに口を開く。

「変わっていたということですか」

「そう。清次さんは三年前を境に別人になってしまったんです」

「別人……」

新吾は枕元に迫り、

「どう変わったのですか」

ときいた瞬間、脳裏をある考えが掠めた。

どうやって、清次は誰にも気づかれずに下屋敷に潜入出来たのか。誰かの手助けによって忍び込んだのか。その都度、梅吉の手を借りて塀を乗り越えたとも考えられる。だが、綾とのことは自分だけの問題だ。ひとの手を借りるとは思えない。だとしたら……。

「二年前から稲荷小僧という盗人が武家屋敷を中心に盗みを働いています。清次さんが手切れ金を貰って綾さまと別れて一年後です。ひょっとして、清次さんが稲荷小僧ではありませんか」

「……」

「どうなのですか。綾さま、お話しください」

「待って」

綾は新吾の言葉を制した。

「少し考えさせて」

綾は苦しそうに言う。

「いけません。綾さまのお心を縛っているものを明らかにし、取り除かねばならないのです。猶予はありません。すべて、お話しください」

「無理です。話せないこともあります。それに、もう清次さんは死んでいるんです」

「清次さんはなぜ殺されたのですか。誰が清次さんを？」

「……」

綾は首を横に振った。呼吸も荒くなっている。

「綾さま」

新吾は静かに声をかけた。

「きょうのところはここまでにしておきます。私は綾さまが死のうとすることをやめ、ちゃんと食事も摂ってくれるようになればいいのです。そうなれば、これ以上の追及はしません。どうか、生きようという気になってください」

新吾は会釈をして腰を上げた。

「宇津木先生」

はじめて、綾が新吾の名を呼んだ。

新吾は腰を下ろし、綾が口を開くのを待った。

「三月前、真夜中にいきなり寝所に清次さんが現われました。びっくりして声も出せずにいると、清次さんが勝手に話しだしたんです」

綾がようやく話しはじめた。

「三年前、清次さんは手切れ金を手に、吉原で豪遊したり遊び呆けたそうです。自棄になっていたそうです。たちまち金はなくなり、路頭に迷った。それで、いつしか空き巣に入り、やがて大名屋敷に忍び込むようになったそうです。大名屋敷は警戒が薄いからだそうですが、復讐の意味もあったと言ってました」

綾は息を継いで、

「私は縒《よ》りを戻すつもりはありませんでした。清次さんは、私の拒絶に遭い、憤然としていましたが……」

綾はそのあとの言葉を濁した。

「それから清次さんはどうなったのでしょうか」

新吾は促した。

「宇津木先生は、側室に入ってからの私のことをどこまでお聞きでしょうか」

綾は逆にきいた。

「どこまで？」

新吾は怪訝な顔で、

「側室になられるまでの経緯はお伺いしましたが、その後のことは知りません」

「そうですか」

しばらく迷っていたふうだったが、ようやく綾は口を開いた。

「私は側室になって、子どもを産みました。男の子です」

「えっ？」

新吾は耳を疑い、

「でも、赤子の声もしませんが」

と、問い返した。

「上屋敷に連れていかれました」

「上屋敷に？」

「はい。奥方さまのもとで育てられるということで」

「では、お子と引き離されてしまったということですか」

「はい。正室の子として育てたいと、高見左近さまが仰いまして」

「確かご正室さまには男児がおられたはずですが」

「はい。町人の娘の下で育てられるより、武家の出である奥方さまの近くで育てられたほうが先々のためだと」

前回の御家騒動のもとになったのは前藩主の世嗣が側室の子だったことも影響していた。その教訓を踏まえて、正室にも男児がいながら、綾の産んだ子を正室の下にやったのか。

その判断が正しいかどうか、新吾にはわからなかった。

だが、上屋敷に稲荷小僧が忍び込んだことを思い出した。

「九月ごろ、清次さんが上屋敷に忍び込んだことをご存じですか」

「知っています」

「誰からお聞きに？」

「……」

「清次さんですね」

新吾は確かめた。

「そうです」

「なぜ、清次さんは上屋敷に？」

新吾はあっと声を上げた。

「綾さまが産んだお子はほんとうに嘉明公の子なのですか」

「そうです。殿のお子です。でも、清次さんは自分の子ではないのかと思い込んで」

「それで確かめるために上屋敷の奥に行ったのですね」

「そうです。で、数日後に忍び込んできて、俺に似ている。俺の子だと言い出したのです。いくら違うと言ってもききません」

「清次さんは何のためにそのようなことを？」

「お金です。そのことを持ち出して、松江藩から金を引き出そうと企んだのです。金をだせないなら、瓦版にこのことを書いてもらうと」

綾は険しい表情で、

「清次さんはもう以前の清次さんではなかったんです。まったくの別人です」

と、声を詰まらせた。

「このままでは御家にたいへんな迷惑がかかる。だから、清次さんを……」

「清次さんを？　清次さんを何ですか。まさか、綾さまが誰かに清次さんを始末するように頼んだのでは……」

新吾は呆気にとられながらきいた。

「そうです。私が殺し屋を使って清次さんを始末させたのです」

「なんと」

新吾は息を呑んでから、

「殺し屋はどうやって見つけたのですか」

と、きいた。

「それは話せません。迷惑がかかります」

「しかし」

「清次さんを殺したのは私です。その裁きを受けなければなりません。でも、清次さんのことを隠すためにも、私は病死しなければならないのです。私に清次さん殺しの疑いがかかったら、御家にどのような迷惑がかかるか……。だから、こういう死に方を選ぶしかなかったのです」

「そんな……」

新吾は言葉を失った。

「清次さんの死体はまだ見つかっていません。死体をどこかに隠すように殺し屋に頼んだのですか」

「いえ。ただ、喧嘩《けんか》で殺された体《てい》を装うということだけです」

「清次さんが死んだことを梅吉さんが知らせにきたのですね」

「はい」

「梅吉さんは何て言ったのですか」

「清次が死に際に、自分の死を私に伝えてくれと。もう、俺のことを忘れて、仕合わせになれという清次さんの言伝《ことづ》てを持ってきてくれたのです」

「梅吉さんが清次さんを看取ったのですね」

やはり、梅吉は清次がどうなったのかを知っていたのだ。

「綾さま」

新吾は厳しい声で、

「綾さまが頼んだ殺し屋は、綾さまの秘密を握ったことになりませんか。この先、そのことで嚇《おど》されたりする心配はないのですか」

「ありません」

「どうして、そう言い切れるのですか。もしや、その殺し屋というのはこの屋敷にいるどなたかでは？」

殺し屋と言っているが、やはり古森市次郎ではないのか。

「違います」

綾は強い口調で否定したが、かえって疑いを持たざるを得なかった。

「綾さまは清次さんと不義を働いたわけではないのですね」

新吾はもう一度、確かめるようにきいた。

「違います」

「では、清次さんに殺し屋を向けたことがご自分を裁く理由なのですね」

「そうです」

「しかし、それは御家を守るためではありませんか。綾さまが死を以て償うべきものではありません」

「いえ、私のために殿さまにもご不快な思いをさせたのかもしれません」

「いえ。そのことは嘉明公も知らないことではありませんか。また、誰がそのことを告げましょうか」

新吾は懸命に諭す。

「それでも自分を裁かねばならないのだとお思いでも、私が真相を知った今となってはもはや病気で死ぬという方法は通用しません。あくまでも食事を摂らない方法で自死したと認められるだけです。清次さんといっしょに死んだとしか思えません。それこそ、嘉明公に対する裏切りになりませぬか」

「あなたには私の気持ちはわかりません」

「ええ、わかりません。食事を摂らずに死のうとする。そのために、綾さまのまわりのひとたちがどんなに心配し、心を痛めているか考えたことがございますか」

「……」

「このまま綾さまが餓死されたら、まわりのひとはどんなに深く傷つくことでしょう。おそらく、誰かが責任をとらされるかもしれません」

「そんなことは……」

「ないといえますか。嘉明公は綾さまを溺愛されているようです。だとしたら、綾さまの傍にいて異変に気付かなかった女中、そして病気を治せなかった医師ら、皆責任をとらされるかもしれません」

「……」

綾は唇を震わせた。だが、声にはならなかった。

「綾さまは自分のけじめだとして死んでいく。私に言わせたら、ずいぶん自分勝手だと思います。まわりの者たちはそんな綾さまのわがままに振り回され、あげく責任をとらされる。こんな理不尽な仕打ちはありません」

新吾は激しい言葉を浴びせ、さらに付け加えた。

「大勢のひとを不幸にしてまで、ご自分の我儘《わまま》を貫くと言うなら、私はもう何も言いません。失礼いたします」

新吾は立ち上がった。

襖を開けると、およしが襖の傍に座っていた。盗み聞きをしていたのだ。

「綾さまを頼みました」

新吾はおよしに言い、寝所から引き上げて行った。

第四章　蘇った男

一

新吾は綾に言いすぎたかもしれないと思ったが、自死を思いなおしてくれるかどうかは自信がなかった。

下屋敷の玄関を出て門に向かいかけたとき、古森市次郎と供の中間がちょうど門に入ってきたところだった。

「お帰りですか」

市次郎がきいた。

「お出かけでしたか」

「上屋敷まで」

市次郎が答え、

「では」

と、擦れ違おうとした。

「あっ、古森さま」

新吾は呼び止めた。

「何か」

市次郎は立ち止まった。

「古森さまは清次という男をご存じですか」

「清次？　いや、知らぬ」

市次郎は険しい顔になって、

「その者がどうかしたのか」

と、きいた。

「いえ、ご存じなければ……」

新吾はわざと焦らすように言う。

「古森さま。あっしは長屋に戻ります」

供の中間が市次郎に声をかけ、ちらっと新吾に目を向けた。二十五、六の小柄で機敏そうな目つきの鋭い男だ。

「ごくろう」

市次郎は声をかける。

中間が長屋に向かったのを見送りながら、

「あの中間はなんという名なのですか」

と、新吾はきいた。

「なぜでござるか」

「なかなか鋭い面構えの男だと思いまして」

新吾は素直な感想を述べる。

「伊助《いすけ》といいます。なかなか使える中間です」

「そんな気がします」

新吾はあることを考えていた。

「どうかしましたか。ずっと伊助の後ろ姿を見ていましたが」

市次郎がきいた。

「いえ、なんでも」

新吾は答える。

「宇津木先生は綾さまは心の病とお見立てと、ご家老からお伺いしましたが?」

市次郎がきいた。

「はい。先ほど口にした清次という男が絡んでいるのです」

新吾は市次郎の顔を見つめ、

「じつは、清次という男が何者かに殺されたらしいのです」

新吾は市次郎の表情を窺う。

「そのことが綾さまの病と関わりがあると言うのですか」

市次郎は顔色を変えずに言う。

「そうです。清次が死んだことの責任を感じているのです。そのことが綾さまの病状を悪化させているのです」

「……」

「綾さまを助けるには清次のことを明らかにしなければなりません。清次がほんとうに死んでいるならば、死体を捜し出し、供養してやる。それが回復への第一歩なのです」

市次郎は口を真一文字に閉ざしていた。

「失礼します」

新吾は市次郎に会釈をして門を出て行った。

竪川にかかる二ノ橋を渡り、弥勒《みろく》寺の前に差しかかったとき、笹本康平と岡っ引きの伊根吉が前を歩いているのに気がついた。

新吾は急ぎ足で追いつき、

「伊根吉親分」

と、声をかけた。

伊根吉が足を止めて振り返った。

「宇津木先生」

伊根吉が声を出した。笹本康平も顔を向けた。

「先日の殺し、探索の進展はありましたか」

「いや、下手人の目星はまだ。ただ、やっとホトケの身許はわかりました」

「誰なんですか」

「芝《しば》のほうのごろつきで、常次郎《つねじろう》という男です。ひとを殺したことがあると噂されているようで、かっとなると何をするかわからない残虐な男のようです。でも、まだ奉行所の手を煩わせたことはないようです」

伊根吉は口にした。

「でも、身許がわかれば、いっきに探索も進むかもしれませんね」

新吾は励ますように言い、

「それにしても、芝を根城にしている男がなんで深川の佐賀町で殺されなければならなかったのでしょうか」

と、きいた。

「そのあたりのことはわかりませんが。そうそう、頬の傷はわかりました。半月以上前に、芝神明宮《しばしんめい》で男三人を相手に常次郎は大喧嘩をしたそうです。そのときに受けた傷とわかりました。下手人とは関わりありませんでした」

「そうでしたか」

「ただ、その喧嘩相手からあることがわかりました」

伊根吉は続ける。

「常次郎と仲のいい由蔵《よしぞう》という男がふた月前から姿を晦《くら》ましているそうなんです。それで、喧嘩相手が由蔵に何かしたのではないかと向かっていったそうです」

「で、実際は？」

「喧嘩相手はほんとうに由蔵のことを知らなかったそうです。どうやら、常次郎はずっと由蔵を捜していたようです」

「由蔵という男が行方知れずになっているんですか」

「ええ」

「届けは奉行所に出ているのですか」

「いや、あの連中はそんなものを出さないでしょう。由蔵も冷酷な男で、町でも嫌われ者でした。何かを仕出《しで》かして、その土地にいられなくなったのかもしれませんから」

「常次郎が深川にやって来たのは由蔵を捜すためでしょうか」

「そうかもしれません」

伊根吉は頷く。

「親分」

新吾ははっと気がついてきいた。

「由蔵の特徴はわかりますか」

「特徴？　ええ、聞いています。大柄で四角い顔だそうです。年は三十過ぎ」

伊根吉の声を新吾は頷きながら聞いた。

「何か心当たりでも？」

伊根吉がきいた。

「ふた月ほど前、薬研堀で遊び人ふうの男が殺されていたそうです。そのホトケの身許もまだわからないそうです。三十過ぎの大柄で四角い顔の男だそうです」

「そういえば、そんな殺しがあったな」

笹本康平が口をはさんだ。

「確か、津久井半兵衛の掛かり。あれもまだ下手人が見つかっていないはずだ」

「旦那。当たってみましょう」

伊根吉も勇んだ。

「宇津木先生。よいことを教えていただいた。これから、津久井どのに会いに行く」

笹本康平は新吾に礼を言い、伊根吉と共に先を急いだ。

新吾も新たな事実を知って頭の中が混乱した。

ふた月ほど前に、梅吉が植木職人になりすまして下屋敷に潜入し、綾に清次が死んだことを知らせた。

それから、数日後、由蔵が薬研堀で殺された。そして、ふた月経った先日、由蔵の仲間の常次郎が佐賀町の川っぷちで殺されていた。

この一連の流れをどうとらえるか。

常次郎と由蔵が殺された件は清次の死と関わりがあるのか。

そのことを考えながら、新吾は幻宗の施療院にやって来た。

幻宗は療治に忙しく、手が空くのは難しそうだった。新吾は諦めて、幻宗に会わずに施療院を出た。


一刻後、新吾は浅草田原町の鼻緒問屋『富田屋』の客間にいて、綾の妹のおふみと差し向かいになっていた。

「三年前、嘉明公の側室になられた綾さまがお子さまをお産みになったのをご存じでしょうか」

「はい。知っています」

「その子は正室の子として育てられているようです」

「ええ、我が子と引き離されて、姉もかなり落ち込んでいました。でも、私たち商家の女は商売があるので、子育ては乳母《うば》に任せます。お武家さまだからというわけではありませんので」

「割り切っていたということでしょうか」

「はい」

「綾さまは、やはり清次という男と恋仲だったそうです。その清次が三月前に綾さまに近づいていました。ご存じでしたか」

「いえ」

「聞いておりませんか」

「ただ、昔の男と再会したと話していました。おそらく、それが清次というひとなのでしょう」

おふみは素直に答える。

「その清次という男が今、行方知れずになっています。おそらく、殺されたのでないかと思われます」

「殺された……」

おふみが息を呑んだ。

「はい。何者かが清次に殺し屋を差し向けたのです」

「……」

「何か思い当たることはありませんか」

「いえ」

おふみが目を伏せた。

「思い当たることがあるなら教えてください。清次さんがほんとうに死んでいるならちゃんと供養してやるべきなのです。それが、綾さまの病気を治す手立てのひとつなのです。殺し屋から清次さんの死体をどこに埋めたのか。きき出したいのです」

新吾は身を乗りだして迫る。

「お願いです。殺し屋について何か心当たりはありませんか」

「……」

おふみは俯《うつむ》いたままだ。

「早くなんとかしないと、綾さまの病は取り返しのつかないことになってしまいます。教えてください」

おふみは顔を上げた。

「父が知っているかもしれません」

「次郎兵衛どのがですか」

「はい。姉の見舞いに行ったときに、姉から頼まれて……」

「次郎兵衛どのは一度しか見舞いに行っていないと仰っていましたが」

「ふた月、三月前には頻繁に下屋敷に行ってました」

次郎兵衛は新吾に嘘をついていたのだ。すると、次郎兵衛が綾の頼みで殺し屋を雇ったのか。

「わかりました。これから次郎兵衛どののところに行ってみます」

新吾は勇んで立ち上がった。

新吾は田原町から稲荷町を通り、山下《やました》から三橋《みはし》を渡って池之端仲町の紙問屋『河村屋』にやって来た。

漆喰の土蔵造りの紙問屋『河村屋』の土間に入り、この前の番頭に声をかけた。

「先日、お訪ねしました松江藩の藩医の宇津木新吾です。ご主人いらっしゃいますか」

「お待ちください」

番頭はすぐに店の奥に向かった。

しばらくして、この前と同じように番頭といっしょに女中がやって来た。

「どうぞ、こちらから」

女中は店畳の端から上がるように言い、奥に向かった。新吾はあとに従う。

内庭に面した部屋に通されて、待つほどのことなく、鬢に白いものが目立つ次郎兵衛が入ってきた。

新吾の前に次郎兵衛は腰を下ろした。

「綾はまだ大丈夫ですか」

次郎兵衛はきいた。

「綾さまは治ります。あと少しです」

新吾が力強く言うと、次郎兵衛は怪訝な顔をして、

「気休めではないのですか」

と、きいた。

「いえ。治ります。ただ、ひとつ条件があります」

「なんでしょうか」

「その前にお聞かせください。清次という男に殺し屋を差し向けませんでしたか」

新吾は真っ正面から問いかけた。

「何のお話か」

「このことは、綾さまもお認めになりました。清次さんは綾さまと嘉明公の間に生まれた子を自分の子だと偽って金をせしめようとしたと」

「綾がそんなことを……」

「清次さんの亡骸《なきがら》が見つかっていません。どこかに埋められているのだとしたら、掘

り出してやり、供養することこそ回復の道なのです」

自分が殺しを依頼したという負い目を少しでも和らげるのは供養をするしかないと、新吾は思っている。

「清次さんがどこにいるのか知っているのは殺した男だけです。なんとかして、その男を捜し出し、清次を見つけたいのです」

新吾は膝を進め、

「綾さまは自分が殺し屋を雇ったと仰いました。しかし、下屋敷にいる綾さまがどうして殺し屋に近づけましょう。でも、次郎兵衛さんなら出来ます。綾さまの見舞いには一度しか行っていないと仰っていましたが、ふた月ほど前に何度か下屋敷に行っていますね」

と、迫った。

「次郎兵衛さん。あなたは自分の娘をこのまま見殺しにしていいのですか。それも止むを得ないと思っているのですか」

「どこに我が子を見殺しにする親がありましょう。出来ることなら私が代わってやりたい。しかし、病には勝てません」

「綾さまは病じゃありません。死のうとしているのです。清次さんを殺したことへの裁きを病死という形でつけようとしているのです」

「ばかな」

次郎兵衛は目を剝いた。

「自害したら、わけを詮索《せんさく》され、清次さんとのことが明るみに出てしまう。嘉明公を苦しめ、そして『河村屋』も御用達を取り上げられるかもしれない。だから、病死に見せ掛けた自死を仕掛けているのです」

「綾が……」

「教えてください。あなたが殺し屋を雇ったのではありませんか」

新吾は問い詰めるようにきく。

「清次はここにもやって来たんです。上屋敷に忍び込んで、綾の産んだ子を見てきたが、やはり俺の子だと言いました。黙っていて欲しければ五百両出せと。翌日、下屋敷に行ったら、綾は私に言いました。あの男が生きていたら、殿さまにも迷惑がかかると。それで、私はある男に相談した」

「誰ですか」

「以前、うちの店が無頼漢どもに因縁をつけられたとき、相手を懲らしめてくれた男がいるんです。その男に相談しました。そうしたら、百両で清次を始末してくれると言うのです。それで、もう一度下屋敷に行き、綾に相談しました。それで、お願いすることにしたのです」

「その男の名は？」

新吾は催促した。

「由蔵という男です」

「由蔵？」

新吾は衝撃を受けながら、

「由蔵の特徴は？」

と、きいた。

「年は三十過ぎ。大柄で四角い顔です」

新吾は唖然とした。

「どうかしましたか」

「由蔵はふた月ほど前に殺されています」

「なんですって」

次郎兵衛は目を剝いた。

「由蔵のことを誰かに話しましたか」

「いえ」

次郎兵衛は首を横に振った。

「綾さまも誰にも？」

「言うはずありません」

次郎兵衛はうろたえ、

「それより、由蔵が死んだのなら清次の居場所が……」

いや、梅吉がいる。清次が死んだことを綾さまに知らせに行った梅吉は清次がどこにいるのか知っているはずだ。

もしかしたら、梅吉が由蔵を……。どうしても、梅吉に会わなければならなかった。

二

池之端仲町から御成道《おなりみち》を通り、筋違《すじかい》御門を抜けて、新吾は本石町一丁目に着いた。

小間物問屋の『京屋』の土間に入り、手代らしき男に声をかけた。

「今日は、梅吉さんはいらっしゃいましたか」

梅吉はここで小間物を仕入れ、商売に出て行くのだ。

「いえ。近頃は顔を出しません」

手代が言う。

「なにかあったんでしょうか」

「さあ」

手代は首を傾げた。

「梅吉さんがどこに住んでいるかご存じでしょうか」

「下谷《したや》長者町《ちょうじゃ》だと聞いてますが、なんという長屋かはわかりません」

「そうですか。ありがとうございました」

新吾は礼を言い、『京屋』を出た。

新吾は来た道を戻った。再び、筋違御門を潜り、御成道に入る。行き交うひとも寒そうに首を竦め、足早に行きすぎる。

やがて、右手に小笠原信濃守《おがわらしなののかみ》の中屋敷が見えてきて、その手前を右に折れ、中屋敷の門前を通りすぎ、やがて塀が途切れたところから下谷長者町になる。

新吾は梅吉の住む長屋を捜して町筋を歩いていて、ふいに目に飛び込んだものがあった。伊東玄朴という文字が書かれた看板だ。

玄朴の医院だ。そういえば下谷長者町で町医者になったと聞いていた。梅吉の住まいをみつけなければならないのだが、まず挨拶をしたほうがいいか迷った。

しかし、梅吉は外出して留守の公算が大きいので、玄朴に挨拶をしておこうと向かいかけたとき、格子戸が開いて玄朴が出てきた。

「玄朴さま」

新吾は近寄って挨拶をした。

「新吾ではないか」

玄朴も驚いたように言い、

「訪ねてくれたのか」

と、うれしそうに言う。

「すみません。あるひとの住まいを捜していて、偶然に玄朴さまの医院の前に」

「なんだ、そういうことか。まあ、いい。せっかくきたのだ。中で待っていてくれ。これから往診だ」

「すみません、お忙しいところを」

「なあに、患者ももうほとんど治りかけているのだ。薬を替えるだけだ。すぐ終わるから待っていてくれ」

「その間に、訪ねる家を捜してみます」

「誰を訪ねるのだ？」

町内の住人のことを医者なら知っているかもしれないと思い、新吾は口にした。

「小間物屋の梅吉というひとです」

「梅吉？」

玄朴が驚いたようにきき返す。

「はい。ご存じですか」

「ご存じもなにもない。これから向かうのが梅吉の住まいだ」

「ほんとうですか」

今度は新吾が驚く番だった。

「梅吉さんは病気なのですか」

「いや、梅吉ではない。いっしょに行くか」

「はい」

梅吉にかみさんがいるのかもしれないと思った、看病のために、今は商売に出られないのか。

玄朴と薬籠持ちのあとを、新吾は勇躍してついて行った。

長屋木戸を入った。井戸端にいた女たちが玄朴に笑顔で挨拶をした。玄朴も笑顔で返す。長屋の住人に慕われているようだ。

一番奥の家の腰高障子《こしだかしようじ》の前に立った。

「私は療治が終わるまでここでお待ちします」

「わかった」

答えてから、玄朴は無造作に戸を開けて土間に入った。薬籠持ちの男も続く。

なんという幸運だと、新吾はしみじみ思った。梅吉のかみさんかどうかわからないが、患者も治りかけているらしいから気は楽だった。もし、症状が重ければ、梅吉を問い詰めるにも力が入らないかもしれない。

やがて、戸が開いて薬籠持ちの男が顔を出した。

「先生が中にと」

「わかりました」

新吾は土間に足を踏み入れた。

部屋の左の壁際に布団が敷いてあって男が横になっていた。その枕元に玄朴がおり、上がり框《がまち》のところに梅吉が青ざめた顔で座っていた。

横たわっている男は顔を上げて新吾を見ていた。新吾も男を見返した。

「もしや」

新吾は逸る気持ちを抑え、

「あなたは清次さんですか」

と、確かめるようにきいた。

「へえ、清次です」

「助かったのですね」

「梅吉が助けてくれたんです」

新吾は梅吉に目をやった。

「柳原の土手で悲鳴が聞こえ、驚いて駆けつけると、男がふたり逃げていくのが見え、その場に清次が倒れていたんだ。誰かを呼んでこようとしたが、清次がやめろと。だから、清次をおぶってこの長屋まで連れてきた。長屋のかみさんが玄朴先生がいいって言うんで呼びに行った。四つ(午後十時)を過ぎていたが、来てくださって手当てをしてくれたんだ」

「腹部と腕、右足の太股を刺されていた。腹部の傷は深かった。最初は助からないと思ったが、よく持ち直した」

玄朴がしみじみ言う。

「それからずっとここで?」

新吾はきく。

「ええ、寝たきりでした」

清次が答える。

「傷はもういいのですか」

新吾は玄朴にきく。

「ほぼ治っているが、じつは筋が切れていた。足は自由に動かせぬ」

「そうですか」

新吾はため息をついた。

「罰《ばち》が当たったんです」

清次は自嘲ぎみに言う。

「『京屋』で会ったとき、梅吉さんはなぜ、私に声をかけたのですか」

新吾は梅吉に顔を向けた。

「清次を襲った仲間かもしれないと思って。清次を捜しているのではないかと疑っていたんです」

「そうですか。でも、清次さんがご無事でよかった。これで、綾さまも助かります」

「綾がどうかしたんで？」

清次が顔色を変えてきいた。

「どれ、引き上げるか」

玄朴は立ち上がった。

「まさか、わしの患者を新吾が捜し回っていたとはな」

玄朴はそう言いながら土間におり、

「新吾。また会おう」

と、引き上げて行った。

梅吉が見送ってすぐ戻ってきた。

「綾に何が？」

清次はもう一度きいた。

「その前に、何があったのか話してくださいますか」

新吾は清次と梅吉を交互に見た。

ふたりはすぐに口を開こうとしなかった。

「清次さん、稲荷小僧はあなたなのですか」

新吾はずばりときいた。

清次は体を起こそうとした。梅吉があわてて近寄って介添《かいぞ》えをする。

「すまねえ」

　清次は痛みを堪えるように顔をしかめた。

　布団の上に体を起こした清次は静かに口を開いた。

「三年前、松江藩の高見左近ってお侍から手切れ金の五十両を貰ってあっしは綾と別れたんです。あっしにとって五十両は喉から手が出るほどの金でした」

　清次が苦しそうに顔を歪めたのは傷口が痛むだけではなさそうだ。

「その金をまっとうに使えばよかったのですが、つい気が大きくなり、豪遊し、あげく博打《ばくち》に手を出して……。気がついたときには手元に金は僅かしか残っていなかった。もうそのときには、地道にこつこつ働くことが出来なくなっていたんです。綾に会いたくて、松江藩の下屋敷の塀を乗り越えたのです。思いの外、簡単でした。そのときは、ちょうど殿さまが来ているときで、警固の侍も多かったのですが、床下から綾の寝所まで行き着くことが出来ました」

　清次は息を継いで、

「そのときは、そのまま引き上げましたが、武家屋敷に忍び込むのはそんな難しいことではないとわかったんですよ。それから、あちこちの武家屋敷に忍び込むようになりました。いつしか、あっしのことを稲荷小僧と呼んでいると知り、満更でもない気になっていました」

新吾は黙って聞いている。

「ところが、三年経って、綾が恋しくなり、もう一度会いたくなって三月ほど前に下屋敷に忍び込んだのです。綾は風格も出て色香も滲み、こんなにいい女だったかと、感嘆したものです。でも」

清次は間を置き、

「綾はあっしのことをすっかり忘れていた。迷惑だから、もうこないでくれと言うばかり。あっしは当てが外れました。あっしにしがみついてくるかと思っていたんです」

やはり、綾は真実を語っていたようだ。嘉明公を裏切ったのではなかったことに、新吾はほっとした。

「それで、あなたは憤慨《ふんがい》し、綾さまの産んだ子は自分の子だと考え、それを確かめに上屋敷に忍び込んだんですね」

清次ははっとした。

「そこまでご存じでしたか」

清次は口元を歪め、

「赤子を見れば、どこかにあっしに似た特徴を見出せる。そう思ったのです」

「いかがでしたか」

「わかりません」

「わからなかったというのは、あなたの子ではなかったということではないのですか」

新吾は言い切った。

「そうかもしれません。でも、そんなことはどっちでもよかったんです。あっしの子かもしれないと疑わせるだけでことは足りるのです。そのことをネタに、松江藩と『河村屋』にまとまった金を出させようとしたんです」

「それで、『河村屋』の次郎兵衛さんに会いに行ったのですね」

「そうです。そうしたら、綾に相談してから返事をすると。そして、数日後に下屋敷に忍んで綾に会うと、明日の夜に柳原の土手にある柳森《やなぎもり》神社まで使いの男が五百両を持って行くと言ったんです。まさか、金ではなく、殺し屋を差し向けるとは……」

清次は口元を歪めた。

「綾さまが柳森神社と告げたのですね」

「そうです。だから、念のために梅吉に来てもらったんです。そうしたら、そこにふたりの男が待っていていきなり匕首で襲ってきました」

「暗がりで様子を窺っていたら、突然悲鳴が聞こえた。駆けつけると、清次がうずくまっていたんだ」

梅吉が言う。

「ふたりの顔を見ましたか」

新吾は清次と梅吉の顔を交互に見た。

「黒い布で頰被りしていました。ひとりは大柄な男で、もうひとりは細面だった」

清次は答える。

「あっしも逃げていくふたりの後ろ姿しか見ていません。ひとりは大柄でした」

梅吉も同じように言う。

間違いない。由蔵と常次郎だ。

「さっきも言いましたように、あっしはすぐに清次を背負ってここまで連れてきて玄朴先生を呼んだんです」

「清次さんは誰が差し向けたかわかったんですね」

「あの場所を言ったのは綾ですからね。綾があっしを殺そうとしたとわかりました」

「なぜ、清次さんが死んだと綾さまに告げに行ったのですか。わざわざ植木職人になりすましてまでして」

「ふたりは清次が死んだかどうか確かめようと躍起になっているはずです。だから、綾さまに清次が死んだと告げれば、ふたりは捜すのを諦めるはずだと踏んだのです。でも、死体が見つからないことに、いずれ不審を持つかもしれない。そういう警戒をしていたところに、宇津木先生が『京屋』に現われたんです」

「なるほど。そういうわけですか」

新吾は頷き、

「梅吉さんは薬研堀で男が殺されたことを知っていますね」

「ええ」

「男が殺された翌日、元柳橋の袂に立っていたそうですね。植木職人が見ていました」

「そうですか」

梅吉は素直に認め、

「ひょっとして殺し屋のひとりではないかと思ったんです。あの付近にいけば、何かわかるかもしれないと」

「梅吉さん。あなたが殺したのではありませんか」

新吾は鋭くきく。

「あっしが？　とんでもない」

梅吉はあわてて否定する。

「その男は、あっしを襲った男ですかえ」

清次がきいた。

「おそらく、間違いありません。由蔵という男です。もうひとりは常次郎」

「常次郎は？」

「常次郎も殺されました」

「えっ」

清次が声を呑んだ。

「いったい、誰が……」

梅吉も唖然としていた。

「清次さん。綾さまはあなたを殺した良心の呵責《かしやく》から病死に見せ掛けた自死を企み、物を食べないでいるのです。早く、思い止まらせなくてはなりません。どうか、下屋敷まで行ってもらえませんか」

新吾は訴えた。

「こんな体では動けませんよ」

梅吉が言う。

「わかっています。そこをあえてお頼みします。綾さまを助けるためには、どうしてもあなたのお力を借りなければならないのです」

「綾がこんなことになったのも、みんなあっしのせいです。いいでしょう。行きます。たとえ、この身がどうなろうとも、綾を助けたい」

「ありがとうございます。駕籠《かご》を下屋敷の庭まで入れていただけるように、ご家老に頼みます」

これからの手筈を話し、新吾は梅吉の長屋をあとにした。

下谷長者町から御徒《おかち》町を突っ切り、三味線堀の近くにある松江藩の上屋敷にやって来た。門を入り、御殿の玄関で家老の御用部屋に行き、若い武士に家老への取次ぎを頼んだ。

やがて、若い武士が戻ってきて、新吾を御用部屋の隣の部屋に招じた。

待つほどのこともなく、家老の宇部治兵衛が入ってきた。

「火急の用とは？」

目の前に腰を下ろし、治兵衛は切り出した。

「清次が生きて見つかりました」

新吾はいきなり口にした。

「生きていた？」

治兵衛の目が鈍く光った。

「はい、殺し屋に襲われ、瀕死の重傷を追いながら、どうにか命は助かったのです」

新吾はその経緯を話した。

「清次が生きていることを知れば、綾さまのお気持ちも変わりましょう。そこで、綾さまに清次を会わせたいのです。生きていることを、その目で確かめていただきたいのです」

「どうするのだ？」

「清次は歩けません。駕籠で下屋敷に連れて行きます。庭に駕籠を入れて……」

「しかし、奥の庭まで駕籠を入れることは叶わぬ。奥の塀までだ」

「わかりました」

そこからなら背負っていける。

「お許しいただけますか」

「しかし、その後、清次をどうするつもりだ？」

「わかりません」

「わからぬ？」

「はい。ただ、言えることは片足はもう自由にならないそうです。ですから、以前のように塀を乗り越えるような真似は出来ません」

新吾は前のめりになって、

「今は、綾さまのお心を治すことが第一にございます。どうか、そのことだけをお考えください」

と、訴えた。

「綾さまの件はそなたに任せたのだ。下屋敷の者にはそなたの言いつけに従うように命じておく」

「はっ。よろしくお願いいたします」

治兵衛の元を辞去し、上屋敷を出て、新吾は池之端仲町の『河村屋』に行って、次郎兵衛に事情を話し、協力を求め、そして再度、下谷長者町の梅吉の長屋を訪れ、手筈を整えた。

三

翌日の朝、陽射しはあるが風が強く、一段と寒い日だった。しかし、新吾はその寒さを感じなかった。

新吾はおよしのあとに従い、綾の寝所に向かいながら、

「綾さまのご様子はいかがでしたか」

と、きいた。

「きょうは少し重湯を口にいたしました」

およしが安心したように答える。

「そうですか。食べようという気力が出てきたのならいいのですが」

新吾は呟いたあとで、

「あと半刻後に、私に客人があります。着いたら教えていただけますか」

「はい。承知しました」

およしが応じたとき、綾の寝所に着いた。

「失礼いたします」

およしが襖を開け、

「宇津木先生がいらっしゃいました」

と、部屋の中に声をかけた。

返事は聞こえなかったが、およしはどうぞと入るように促した。

新吾は寝所に入り、枕元に腰を下ろした。綾は目を開け、天井を見つめていた。

「綾さま」

新吾は呼びかけ、

「昨日の私の話をよくお考えになっていただけたでしょうか」

と、きいた。

「およし。座を外しておくれ」

綾はおよしに言い、およしは他の女中と共に部屋を出て行った。

「たとえ、どのような理不尽な相手であれ、ひとの命を奪ったことに代わりはありません。そのことを押し隠して生きていくことなど、私には出来ません。そなたの気持ちはありがたいが、このまま……」

「綾さまは清次さんが死んだと思っていらっしゃいますが、どうして死んだとわかるのですか」

「梅吉というひとが伝えに来ました」

「なんと言ってましたか」

「ふたりの暴漢に襲われ、助からなかったと。死に際に、私に知らせてくれと頼まれたと言ってました」

「その言葉を信じたのですか」

「はい。嘘をつく理由はないはずです。その後、清次さんが現われないのがなによりの証です」

綾は訴えるように言う。

「じつは、昨日、清次さんに会いました」

綾は強張《こわば》った表情で、

「えっ？」

「今、なんと？」

と、きいた。

「清次さんは生きています」

「嘘です」

「嘘じゃありません。確かに襲われ、瀕死の重傷を負いました。そこを梅吉さんが助け、腕のいいお医者さんに手当てをしてもらい、助かったのです」

「……」

「ただ、片足に大怪我を負い、自由に歩けなくなったようです。でも、清次さんは生きているのです。伊東玄朴という私が尊敬する医者がたまたま近くにいたのです。もし、玄朴先生がいなければ、助からなかったでしょう」

「信じられません」

綾の声は強張っていた。

「私が作り話をしているとお思いですか」

「わかりません」

「信じられないのも無理ないかもしれません。実際の目で見なければ」

新吾が言ったとき、襖の外からおよしの声がした。

襖が開き、

「宇津木先生のお客さまがお見えです」

と、およしが伝えた。

「わかりました。およしさん、お願いがあります」

「はい」

新吾は立ち上がっておよしの傍に行った。

「私の客人を目の前の庭に案内していただけませんか。綾さまと対面させたいのです。ご家老の許しを得てあります。そのあとで、ここに戻ってきていただけますか」

「わかりました」

およしが立ち上がって去って行った。

新吾は綾のもとに戻り、

「綾さまにお目にかかりたいと申す者が見えました」

と、伝えた。

「誰ですか」

綾の声が震えを帯びていた。

新吾は障子越しに庭に注意を向けた。駕籠がどこまで入れるかわからないが、そのあとは梅吉が肩を貸して連れてくるに違いない。

庭のほうで物音がした。それから、しばらくして、およしが戻ってきた。

「今、お庭に」

「ごくろうさまでした。すみません、障子を開けて、綾さまを起こして差し上げてください」

「わかりました」

およしは綾の傍に行き、

「綾さま。お起きになられますか」

と言って、手を貸した。

綾が起き上がると、およしはかいまきを後ろから肩にかけた。

「障子を」

新吾は声をかける。

およしは障子を開けた。

廊下の向こうの庭に、清次が長い木の枝を杖代わりにして立っていた。

綾は目をいっぱいに見開いた。清次は木の枝にしがみつくようにしてゆっくり廊下に近づいてきた。

「清次さん」

綾が声を発し、立ち上がろうとした。あわてて、およしが介添えをする。

「ごめんなさい。そんな姿にしてしまったのは私です」

廊下の傍まで行き、綾は訴えるように言う。

「綾、そうじゃねえ。俺がいけなかったんだ。おめえと別れたことで自棄になっちまった。でも、俺がいけなかったのは手切れ金で、狂っちまったことだ。まっとうに使えばよかったものを……」

清次は声を詰まらせ、

「俺の浅はかな了見が自分をだめにしちまった。あげく、おめえをまた苦しめるような真似をしようとした。俺は罰が当たったんだ。おめえはちっとも悪くねえ」

「清次さん」

「俺は襲われて怪我をして、ようやく目が覚めた。おめえの仕合わせを祈ってやれねえような自分が情けねえ」

「そうじゃないよ、おまえさんという者がありながら、私が側室に……」

「そうじゃねえ。あんとき、俺を選んでいたら、きっとおめえは不幸になっていた。おめえが選んだ道はそれでよかったんだ。俺に気を使うことはねえ」

清次ははっきり言い、

「俺はこれから奉行所に名乗り出るつもりだ。稲荷小僧ですと。どうせ、いつかはお縄になるのは目に見えていた。もう、おめえの前に顔を出すことはねえ。おめえも体を治して仕合わせになってくれ。じゃあ」

「清次さん」

綾が呼び止めた。

「早く、元気になってな」

清次は木の枝につかまりながら踵《きびす》を返し、去って行く。

綾は追おうとしたが、力が入らず、動けなかった。その場で、綾は突っ伏して嗚咽《おえつ》を漏らした。

およしが障子を閉めた。

「綾さま。寒いから戻りましょう」

新吾は声をかけた。

ようやく、綾はおよしの手を借りて、ふとんに横たわった。

「綾さま。清次さんは綾さまのお体を心配して来てくれたのです。どうか清次さんの気持ちを汲んであげてください」

「これから、清次さんはどうなるのですか」

「自訴すると言ってました。武家屋敷に忍び込む稲荷小僧として奉行所から追われていた盗人だったのです。忍び込まれた武家屋敷のほうは体面を気にして被害を届けていないようですから、それほどの罪にはならないと思います」

「死罪になるようなことは？」

「それはないと思います。悪くて遠島、それも恩赦があれば江戸に帰れる島送りになるのではないでしょうか」

新吾は南町の津久井半兵衛にもよく話しておくつもりだった。

「それより、綾さまのことです。これで何の憂いもなくなったはずです。これから、少しずつ物を口に入れていくのです。よろしいですね」

「わかりました」

はじめて、綾の口元が綻《ほころ》んだ。

「およしさん。あとで食事の仕方をお話ししますので、徐々に物を食べるように注意してください」

「わかりました」

およしは頷いた。

「あとで、また参ります」

綾にも挨拶をし、新吾は寝所を出て行った。

玄関から門を出ると、駕籠が止まっていた。その脇に梅吉が立っていた。駕籠は『河村屋』の主人次郎兵衛が用意してくれたものだ。

「ごくろうさまでした」

新吾は礼を言う。

「綾はだいじょうぶですか」

駕籠の中から、清次がきいた。

「おかげでやっと死神から解き放たれたようです」

「よかった」

清次は安心したようにため息をついた。

「長い道程を駕籠に揺られ、傷に障りませんでしたか」

「ええ、だいじょうぶです」

清次はすっきりした表情で答えた。

「帰ったら、念のために玄朴先生に診てもらってください」

「わかりました」

梅吉が答えると、清次が言った。

「こんな清々しい気分になったのは何年ぶりかです。これも先生のおかげです。なんとお礼を言っていいか」

「いえ、私の力ではありませんよ。あとで、また長屋にお伺いします」

駕籠を見送ってから、新吾はいったん綾の寝所に行き、およしに食事の摂りかたについて注意を与え、あわただしく下屋敷を出て、池之端仲町に向かった。

半刻あまり後、新吾は『河村屋』の客間で次郎兵衛と向かい合っていた。

「いかがでしたか」

次郎兵衛が待ちかねたように口を開いた。

「おかげさまで、清次さんはやって来てくれました。清次さんの訴えがきいて、綾さまもようやく目覚めたようです。もうだいじょうぶです」

「ほんとうですか」

「はい」

新吾は清次と綾のやりとりを話して、

「清次さんも大怪我を負うことで自分の愚かさに気付いたのです。これも不幸中の幸いというものかもしれません。もし、清次さんに何もなければ、あのまま突っ走っていたかもしれません。綾さまの産んだ子の父親は自分だと言いふらし、その口止め料を手にいれようと動いていたでしょう」

「殺し屋が殺しに失敗してくれて気づいたのですね」

次郎兵衛は複雑な表情で言う。

「いえ、あきらかな失敗とも言えないのです。由蔵は清次さんを襲い、瀕死の重傷を負わせたのです。梅吉さんが清次さんを助け、自分の長屋に担ぎ込んだ上に、近くに伊東玄朴という優れた医者が住んでいたので助かったのです。玄朴先生でなければ、清次さんは助からなかったかもしれません。玄朴先生も最初は助からないと思ったそうですから。運がよかったのです」

「そうでしたか」

次郎兵衛はしんみり言い、

「ともかく、清次さんが生きていてくれて、助かりました。私もひと殺しになるところでした」

「しかし、殺しを請け負った由蔵は何者かに殺されました。まだ下手人はわかっていないのです」

「殺されたのはほんとうに由蔵なのですか」

「間違いないと思います」

新吾は次郎兵衛の顔を見つめ、

「あなたは由蔵に清次殺しを依頼するとき、由蔵がのちのちそのことで強請《ゆすり》を働くかもしれないという危惧を抱かなかったのですか」

「そこまで考えがいたりませんでした」

次郎兵衛は首を横に振った。

「由蔵が信用出来る男だと思ったのですか」

「それもありますが、まず当面の災いを取り除かねばと思っていました」

「あなたは由蔵ひとりに依頼をしたようですが、実際はもうひとり常次郎という男とふたりで襲っているのです。秘密をふたりに知られるという事態になっていたのです」

「……」

「由蔵が信用出来る男だったとしても、常次郎が災いをもたらさないとは限りません」

「そうですね」

「ほんとうに、この心配をしなかったのですか」

「どういうことですか」

次郎兵衛ははっとしたようにきいた。

「そこまで考えていたのではないかと思ったのです。つまり、清次を殺した由蔵の口を封じるために、さらなる殺し屋を用意していた」

「それでは、同じではありませんか。また、その殺し屋がいつ脅迫者になるかもしれません」

次郎兵衛は反論した。

「そうです。さらなる殺し屋は絶対に脅迫者に豹変《ひょうへん》しない者でなければなりません。それは下屋敷にいる者」

「……」

「下屋敷のどなたかに由蔵のことを話したのではありませんか」

「いえ、話していません。清次のことは下屋敷のひとたちにも知られていなかったのです。殺し屋のことも私と綾しか知りません」

次郎兵衛は目をまっすぐ向けて言う。

その目を見つめ返し、しばらくして新吾が口を開いた。

「わかりました。信じましょう」

「でも、由蔵の件を知っている者がいるということになりますね」

次郎兵衛は不安そうにきいた。

「由蔵も常次郎も堅気《かたぎ》ではありません。何かの揉め事に巻き込まれていたことも十分に考えられますが」

清次の件とはまったく別の理由で殺されたことも否定出来ないが、新吾は清次絡みだとしか思えなかった。

そこで思い浮かぶのは梅吉だった。

「今後、どうしたらいいのでしょうか」

次郎兵衛が不安そうにきいた。

「殺し屋を雇ったことはまだ内密に」

そう言い、新吾は立ち上がった。

外に出ると、陽が沈み、西の空が紅く染まりはじめていた。

四

池之端仲町から下谷広小路《したやひろこうじ》を抜け、下谷長者町に着いた。

長屋木戸を入り、梅吉の家を訪ねた。

「ごめんください」

戸を開けて、新吾は土間に入る。

「先ほどはどうも」

梅吉が上がり框まで出てきた。

「清次さん、いかがですか」

清次はふとんに横たわっていた。

「疲れたらしく、帰ってきてすぐ横になっています。さっき、玄朴先生にも来ていただきました。心配ないそうです」

梅吉が答える。

「清次さん。ありがとうございました」

新吾は清次に礼を言う。

「礼を言うのはこっちです」

清次は力のない声で言う。

「宇津木先生、これからどうなりましょうか」

梅吉がきいた。

「その前にはっきりさせておきたいのですが、由蔵が殺された件です」

新吾は切り出し、

「梅吉さんには心当たりはありませんか」

と、きいた。

「ありません」

「あなたが清次さんの助けに入ったとき、由蔵と常次郎は逃げて行ったのですね。そのとき、あなたは由蔵に顔を見られてはいなかったのですか」

「暗がりだし、見られてはいなかったと思いますが」

梅吉は自信なげに答えた。

「由蔵たちは手応えを感じていたでしょうが、ほんとうに清次さんが死んだかどうか調べようとしたのではないでしょうか。それには梅吉さんを問い詰めることです。由蔵は梅吉さんを捜していた」

「……」

「由蔵らしき男が近づいてきた様子はありませんか」

「近づいてはきませんでしたが、玄朴先生の医院から大柄な男が出てきたのとすれ違いました。玄朴先生に、刃物で刺されて大怪我を負った患者の往診をしたかときいてきたそうです。玄朴先生は知らないと答えたそうです」

「由蔵のようですね」

新吾は頷く。

「ええ、私もそう思います」

梅吉は答えたあと、

「由蔵はあっしを捜すより、医者から清次を見つけようとしていたんです。玄朴先生が嘘をついてくれたので助かりました」

「すれ違っても、由蔵はあなたに気付かなかったのですか」

「ええ」

「由蔵が殺された翌日、あなたは薬研堀の元柳橋の袂に立っていたそうですね。なぜ、あなたはあそこにいたのですか」

「じつは、その日の朝、薬研堀で男の死体が発見されたと聞いて現場に行ってみたのです。亡骸を見ることは出来ませんでしたが、あっしは岡っ引きの話からすれ違った男に似ていると思ったのです。それで、もうひとりの男が現われるかもしれないと現場に行って様子を窺っていたのです」

「由蔵を殺ったのはあなたではないのですね」

「とんでもない。あっしじゃありません」

「いったい、誰の仕業《しわざ》なんでしょうか」

清次が厳しい顔できいた。

やはり、下屋敷の者ではないか。古森市次郎の顔が新吾の脳裏を掠めたが、由蔵も常次郎も匕首で刺されているのだ。

市次郎なら刀を使うのでは……。いや、下手人が侍だと気づかれないように、あえて匕首を使ったとも考えられる。

しかし、常次郎を殺したのは傷口からしてふたりだ。

「宇津木先生」

清次が声をかけた。

「あっしは自訴するつもりですが、綾さまや松江藩に迷惑がかかっちゃ申し訳ねえ。どこまで、話したらいいんでしょうか」

「もちろん、自訴は稲荷小僧としてです。それ以外を喋ることはいけません。ただ、由蔵たちのことがあります。そのことをどうするか、少し考えていることがあります。それまでは自訴は待っていただけますか」

「わかりました」

清次は答えた。

「そうそう、もうひとつお聞かせください。あなたは下屋敷に忍び込んだとき、およしという奥女中に姿を見られていました。お気づきですか」

「いえ。暗がりを通り、十分に気をつけていたつもりですが」

「あなたはどこから下屋敷に侵入したのですか」

「土蔵の近くの塀を乗り越え、庭にある茶室の脇を抜けて、母屋に行きました」

「そうですか」

新吾は頷いてから、

「梅吉さん。もうしばらく、清次さんの世話をお願いいたします」

「へえ」

新吾は立ち上がり、ふたりに挨拶をして路地に出た。すっかり、暗くなっていた。

下谷長者町から深川の佐賀町の伊根吉の家にやって来た。

戸を開けて土間に入って呼びかけると、手下の米次が現われた。

「宇津木先生」

米次が相好を崩した。

「夜分にすみません、親分、いらっしゃいますか」

「ええ。どうぞ、上がってください」

「では」

新吾は部屋に上がった。

居間に入ると、伊根吉が長火鉢の前に腰を下ろして煙草《たばこ》を吸っていた。

「親分、宇津木先生です」

「夜分に申し訳ありません」

「構いませんよ。さあ、お座りなさって」

「はい」

新吾は腰を下ろす。

「あっしも宇津木先生にお知らせしたいことがあったんです。ちょうどよかった」

伊根吉は長火鉢で煙管《キセル》の雁首を叩いて灰を落とした。

「親分の話はわたしがお訊ねしようと思っていたことでしょう」

新吾は応じた。

「やはり、ふた月前に薬研堀で殺された男は由蔵でした。常次郎とつるんでいて、芝界隈では幅を利かせていたようです」

新吾は黙って頷く。

「前にもお話ししましたが、由蔵はふた月前から行方知れずになって常次郎が捜していたんです。深川の佐賀町に行ったのも、由蔵の手掛かりを求めてのことでしょう」

伊根吉が清次の件を知る由もない。しかし、常次郎は清次のことを由蔵から聞いているはずだ。なぜ、ふた月後に殺されることになったのか。

「ふたりはどういう関係なのですか。たとえば、どちらかが兄貴分だとか」

「由蔵が兄貴分で、常次郎は由蔵の手先のような存在だったということです」

「手先ですか」

由蔵は清次殺しを常次郎に手伝わせたが、詳しい事情は話していなかったのかもしれない。

「常次郎が由蔵を捜していたのは兄貴として慕っていたからなのでしょうか」

新吾がきいた。

「いや。どうも金のことらしい」

伊根吉が答える。

「金？」

「ふたりがよく行く料理屋の女中の話では、ふた月前、由蔵は金になる仕事を常次郎に持ち掛けたそうです。どんな仕事かは女中も聞いていません」

それが清次の暗殺だろう。由蔵は用心して常次郎を誘ったのだ。

「常次郎は引き受けた。ところが、それからしばらくして常次郎がやって来て、由蔵が来たかときいたそうです。来ないと答えると、俺を騙しやがってと血相を変えていたそうです」

「金になる仕事を終えたあとの話ですね」

「そうです。由蔵が金を持って逃げたと思ったのでしょうね」

伊根吉が言う。

「由蔵が殺されたことを知らなかったのでしょうか。それより、分け前といっても、どのくらいの金額でしょうか。由蔵にとって、現在の暮らしを捨ててまで逃げるに値する金を手にしたのでしょうか」

新吾は首を傾げた。最初は分け前を寄越さずに逃げたと思っても、冷静になって考えれば逃げたかどうかわかるのではないか。住まいにだって物はそのまま置いてあるだろうから。

「そうかがうと、逃げたと考えるのも不自然ですね。やはり、殺されていたことに気がついたと考えたほうが自然ですね」

伊根吉は目を細めて言う。

「ええ、そうだと思います」

常次郎は身許のわからない死体について奉行所に問い合わせているのではないか。

だが、由蔵が殺されていたとわかっても、そのことは言わずにいた。脛《すね》に傷を持つ輩だ。それより、由蔵の仇を討とうとしたのだ。あるいは金になると踏んだのかもしれない。いずれにしろ、由蔵に清次殺しを依頼した者を捜しはじめたのだ。

「すると、常次郎が佐賀町にいたのはこっちのほうに由蔵殺しの下手人の手掛かりを求めにきたのかもしれませんね」

伊根吉はそう言ってから、

「じつは由蔵と常次郎を殺したのは同じ下手人のようなのです。由蔵も心ノ臓をまっすぐに刺されていたようです」

「……」

「宇津木先生が常次郎の傷を見立てたように、由蔵の場合もひとりが羽交い締めにしてもうひとりが匕首で刺したということです」

「やはり、ふたり組ですか」

新吾は古森市次郎と二十五、六の小柄で機敏そうな目つきの鋭い伊助という中間を思い描いていた。だが、次郎兵衛も綾も殺し屋のことは誰にも話していない。市次郎が知る由もないのだ。

「それより、宇津木先生はどうしてこの件に関心をお持ちなのですか」

「死体の検死らしいことをしたせいか、下手人が気になってならないのです」

へたな言い訳だと自分でも思ったが、伊根吉は特に何も言わなかった。

「また、何か進展があったら教えてください」

そう言い、新吾は挨拶をして立ち上がった。

米次の見送りを受けて、新吾は伊根吉の家を引き上げた。

近くまできているので、幻宗のところに顔を出していこうか迷ったが、また家に帰るのが遅くなるので、そのまま永代橋のほうに足を向けた。

五

翌朝は穏やかな日和《ひより》であった。新吾は下屋敷の門の前で空を仰ぎ、大きく深呼吸をして門を入った。

およしの案内で綾の寝所に行く。

「きょうも重湯をお食べになりました」

およしはうれしそうに言った。

「それはよかった」

寝所に入ると、綾は半身を起こしていた。

「綾さま、いかがですか」

新吾は声をかける。

「少しですが、朝餉をおいしくいただきました。もっと欲しいと言ったのですが、およしに止められました」

綾は微笑んだ。

「いっぺんにたくさん食べてはいけません。少しずつ、食べる量を増やしていきます」

新吾が注意をする。

「はい」

「では、失礼します」

触診、視診、脈診と毎日の診断をし、異常がないことを確かめ、

「結構でございます」

と、新吾は安心して言った。

だが、綾は憂いの色を浮かべ、

「今度の件で、父はどうなりましょうか」

と、きいた。

「止《や》むないことでした。どうぞ、ご心配なきよう。あとは、私にお任せください」

「なにからなにまでそなたに世話になりました」

綾は深々と頭を下げた。

「お顔を」

新吾はあわてて言う。

「それでは、また明日参ります」

新吾は挨拶をして立ち上がった。

部屋の外まで、およしがついてきた。

「およしどの。少しお話があるのですが」

新吾はさりげなく口にしたが、目は鋭くおよしを見つめていた。

「わかりました。綾さまに断ってから参ります」

「あっ。今日は寒さもゆるみ、部屋の中より日向《ひなた》のほうが暖かいようです。庭に来ていただけますか」

「庭に？」

およしは不審そうな顔をした。

「池の辺で」

新吾は強引に場所を決めた。

「わかりました」

およしは硬い表情で頷いた。

新吾は先に玄関を出て、庭のほうに向かった。

「どちらに行かれる」

古森市次郎がどこぞから飛び出してきて声をかけた。

「庭に勝手に出るのはご遠慮願いたい」

市次郎は咎めるように言う。

「申し訳ございません。じつはこれから池の傍で、綾さま付きのおよしどのと大事な話があるのです」

「大事な話？」

市次郎の目が鈍く光った。

「はい。きょうはご家老さまがこちらにいらっしゃるそうです。その前に、およしどのとお話をしておきたいのです」

「行くのは池までにして、そこから先は歩き回らないようにしてください」

市次郎は強い口調で言う。

「わかりました」

新吾は庭の玉砂利を踏んで、瓢箪《ひょうたん》形の泉水の辺にやって来た。鯉が跳ねた。池にはたくさんの鯉が泳いでいる。

この先は小高い丘になっていてさらに茅葺《かやぶ》き屋根の茶室が見えた。そこに行ってみたかったが、市次郎がこちらを見ているので諦めた。

やがて、およしがやって来るのが見えた。途中、立ち止まって市次郎のほうを見たが、すぐ小走りになって池をまわって新吾のもとにやって来た。

「すみません。このようなところまで」

新吾は詫びた。

「お話ってなんでしょう」

およしは用心深く言う。

「およしどのは、何度か黒装束の男が忍び込んだのを見てましたね」

「でも、二度だけです」

「どこで見たのですか」

「厠に立ったときです」

「そうですか」

「それが何か」

「ひょっとして、あそこにある茶室から見たのではないかと勝手に想像したのですが」

「なぜ、そのようなことを？」

およしはうろたえた。

「じつは清次さんは十分に気を配って母屋に近づいたそうです。それなのに見られていたことを不思議に思っていました」

「……」

「ただ、清次さんはあの茶室の脇を通ったそうです」

およしの顔色が変わった。

「あと、不思議なことがあるのです。黒装束の男を見ていたひとがもうひとりいるのです、古森市次郎さまです」

「……」

「古森さまも黒装束の男を二度見ているのです。同じ夜に見ているのではないか。そう思ったのです」

新吾はおよしに迫った。

「あなたは古森さまとあの茶室で会っていらしたのではありませんか」

およしが口をわななかせた。

新吾が長屋のほうを見ると、市次郎がこちらを見ていた。

「いかがですか」

新吾はきいた。

「……」

「古森さまはあなたといっしょだったから賊を追えなかったのではありませんか。そして、二度目に賊を見て、綾さまに会いに来ているのだと気づいたのでは」

およしは口を閉ざしたままだ。

「あなたが古森さまと密会していたことをどうのこうのと言うつもりはありません。ただ、どうしても確かめなければならないことがあります。古森さまは綾さまをお守りするお役目を担っていました。あなたは、古森さまの意を受け……」

「綾さまをお守りする者同士として顔を合わせるうちに、古森さまとわりない仲になってしまいました」

「ふた月ほど前、綾さまのお父上が見舞いにこられましたね。ふたりきりにさせるために、あなたは部屋を出た。でも、襖に耳をつけ、盗み聞きをしていたのではありませんか」

およしははっとしたように顔を上げ、すぐ俯いた。

「清次に由蔵という殺し屋を差し向ける話だった。驚いたあなたは、そのことを古森さまに知らせた」

およしは俯いている。

ふと長屋のほうを見ると、市次郎が近づいてくるのがわかった。

「古森さまがいらっしゃいます」

新吾が言うと、およしはそのほうに顔を向けた。

市次郎はおよしの様子から何が話し合われたのかすべてを察したのだろう。およしに向かって口を開いた。

「およしどの。この場は私に任せて向こうに」

市次郎は言う。

およしは頷き、新吾に会釈をして、その場から去って行った。

「古森さま。由蔵と常次郎のふたりを殺したのはあなたですね」

新吾は切り出す。

「あなたは、およしさんが盗み聞きしたことから、由蔵という殺し屋が清次さんを襲うことを知った。清次さんを始末しても、今度は由蔵が脅威になる。そこで、殺しをなし遂げたあとに、由蔵を始末しようとした。違いますか」

新吾は確かめるようにきいた。

「そのとおりだ。のちのちの禍根《かこん》になる」

「あなたのお考えで？」

「そうだ。俺の一存だ」

「なぜ、刀を使わず、匕首で仕留めたのですか」

「遊び人同士の喧嘩に仕立てるためだ」

「実際に匕首で突き刺したのはあなたといっしょにいた中間の伊助ではありませんか。その者もいつか禍根に？」

「その恐れはない」

「なぜ、常次郎まで？」

「あの男は清次殺しを誰が頼んだのか調べ上げて、この屋敷までやって来たのだ。幾ばくかの金を握らせたが、その帰りに佐賀町で襲った」

「この後始末をどうなさるおつもりですか」

「そなたを斬り、秘密を守る」

そう言い、市次郎は刀の柄に手をかけた。

「私を斬っても無駄です」

「そなたさえいなければ、なんとでも言い訳が出来る」

市次郎は鯉口《こいぐち》を切った。

新吾は悠然と構えた。市次郎は刀を抜こうとして何度か呻いていたが、やがて柄から手を離した。

「そなたは武芸の心得もあるのか」

市次郎は目を剝いてきいた。

「私は武士の子です」

「そうか」

市次郎はため息をついた。

門のほうがざわついていた。駕籠が入ってきたのだ。

「ご家老がいらっしゃいました。どう後始末をつけるか、ご家老の考えを伺いましょう」

そう言い、新吾は市次郎を促し、玄関に向かった。

宇部治兵衛は目を閉じて聞いていたが、新吾の話が終わると、すぐ目を開けた。

「ここはわしの裁定に従ってもらおう。よいな」

治兵衛は新吾に鋭い目を向けた。

「はい」

新吾は頷く。

「古森市次郎は高見左近の命《めい》を忠実に守った末の行いである。確かに、ひとをふたりも殺した罪は大きい。だが、それも御家の大事を思ってのこと。もし、野放しにしておいたら、どんな災厄が当家に襲いかかったかもしれぬ。中間の伊助も、その市次郎の命を受けてのこと。己の利益のためではない。藩としてはふたりを処罰することは出来ぬ」

治兵衛はさらに付け加える。

「それに、由蔵と常次郎は世の中のはみ出し者だ。金でひと殺しを引き受けるような男だ。そのような連中を成敗したことで、安心する者たちもたくさんいよう」

「このままでは、奉行所のほうはずっと下手人を追い続けると思いますが」

新吾は口をはさむ。

「南町に当家と懇意にしている与力がいる。その者に後始末を頼む。わかってくれるはずだ」

「由蔵と常次郎にも家族がいるかもしれません」

「もしいたら、何らかの形で見舞い金を出そう。しかし、家族がいるなら、殺しの依頼を引き受けたりはせぬであろう。それに、泣くものもおるまい」

治兵衛はきっぱりと切り捨ててから、

「宇津木新吾、何か言いたいことがあるか」

と、大きな目で睨み据えた。

「いえ」

新吾は首を横に振る。

「問題は清次だ。清次がいろいろ喋ったら綾さまのことも明るみに出てしまう」

治兵衛は厳しい顔をした。

「そのことはだいじょうぶです」

治兵衛の不安を打ち消してから、新吾は清次と梅吉のことを話した。

「清次さんは稲荷小僧として自訴すると言っています。綾さまのことを口にすることはありません」

「ならばよい」

治兵衛は満足げに頷いてから、

「市次郎」

と、声をかけた。

「たとえ、どんな悪人でも死ねば仏だ。ふたりの冥福を祈るのだ」

「はっ」

「宇津木どの。綾さまの命を救ってくれたこと、このとおり感謝をする」

治兵衛は頭を下げた。

「もったいない」

「番医師の麻田玉林と葉島善行も驚愕《きょうがく》していた。花村潤斎も信じられないと言っていた。そなたの手柄は大きい。家中の者も、そなたに畏敬《いけい》の念を持とう。若過ぎると苦情を言うものもいたが、もうそのような声はなくなるだろう。今後とも、ご当家のために頼んだ」

そう言ったあとで、治兵衛は感心したように呟いた。

「それにしても、そなたなら綾さまを治すことが出来ると言った高野長英どのの慧眼《けいがん》には恐れ入った」

高野長英に伊東玄朴というふたりの先達に恵まれて自分は仕合わせだと、新吾は思った。

下屋敷から幻宗の施療院に寄り、幻宗のきょうの治療が終わるまで待って、新吾は綾に関する一連の顚末《てんまつ》を語った。幻宗は表情を変えずに聞いていたが、結局何も言わなかった。

夜になって急激に冷え込んでいた。新吾は寒風の吹きすさぶ永代橋を身をすくめながら渡った。

小舟町の家に帰ると、順庵はうまそうに酒を呑んでいた。

「義父上、すみません。手伝えなくて」

新吾は医院を任せきりにしていることを詫びた。

「なあに、こっちはなんとかなる。ただ、だんだん富裕な患者からの往診が増えてきた。これ以上増えると追いつかぬ」

順庵はうれしそうに言う。

「私のほうはあと少しで手が空きます」

「ご側室の容体はどうなった？」

「はい、ようやく快方に向かうはずです」

「なに、そうなのか」

順庵は目を見開き、

「奇病、難病とよく闘った。新吾、さすがだ」

と、讃えた。

思わず義母に目をやる。

「きょうは、本町の『水戸屋《みと》』さんに往診に行ってきたんですよ」

『水戸屋』は大店の下駄《げた》問屋だ。なるほど、『水戸屋』に出入り出来るようになったので、上機嫌なのだ。

「新吾、今度こそ、家の増築を考えようぞ」

通い患者の待合の部屋を広げ、また新たに住み込みの見習い医を雇いたいという希望を順庵が言った。

大店からの謝礼は過分なものがあるのだろう。順庵には自信が漲《みなぎ》っていた。

新吾が思い描くのは幻宗の施療院のような医院だが、それが出来るのは背後に金主がいると思われる幻宗だからであり、新吾は稼がなければ医院は維持出来ないのだ。

現実には自分は富や栄達を求めることは決して悪いことではないという伊東玄朴のたくましさを見習うしかないのだ。

「義父上にお任せいたします」

「なに、いいのか」

新吾の言葉が意外だったのか、順庵は真顔になってきき返した。

「ええ、義父上の思うように」

「そうか」

順庵は相好を崩した。

「香保」

新吾は香保に顔を向け、

「漠泉さまをここにお呼びするのはどうだろうか」

離れを建て、そこに漠泉夫婦を呼ぶ。それが、新吾の考えだった。

かつて、表御番医師として大きな屋敷を構えていた身でありながら、漠泉は今は三ノ輪で町医として細々と暮らしている。その漠泉をこの家に迎え、医師としてここで働いてもらえないかと、新吾は言ったのだ。

「失礼かもしれないが」

表御番医師だった男が順庵や新吾に使われるような立場になるのだ。そのことを屈辱に思うだろうか。

「前にも申しましたが、父はそのようなことに拘る質《たち》ではありません。しかし、今は三ノ輪での暮らしを楽しんでいるようですから」

「確かに、三ノ輪のひとたちに慕われ、またそこのひとたちも漠泉さまがいなくなると困るだろう」

そのことに理解を示しつつ、新吾は続けた。

「おふたりが来てくれたら、香保だって安心だろう。一度、香保から話してみてくれないか。久しぶりにお顔を見に三ノ輪まで行ってくるといい」

「そうだ。たまには元気な顔を見せてやるんだ。強がりを言っても、ほんとうは娘のそばにいたいはずだ」

順庵も勧めた。

「はい」

香保は頷いた。

新吾にはある考えがあった。漠泉にまだ気力があるのなら表御番医師に復帰できるように奔走したいと思っている。

花村潤斎に頼み、幕府の奥医師である桂川甫賢に会わせてもらおうと考えている。潤斎は桂川甫賢の弟子筋に当たるのだ。

　この思いはまだ口にはしないでおいた。漠泉の復活が叶うかどうか、新吾は働きかけをしてみようと思った。

本作品は書き下ろしです。

双葉文庫

こ-02-31

蘭方医《らんぽうい》・宇津木新吾《うつぎしんご》
奇病《きびょう》

2020年10月18日 第1刷発行

【著者】
小杉健治《こすぎけんじ》

【発行者】
箕浦克史
【発行所】
株式会社双葉社
〒162-8540 東京都新宿区東五軒町3番28号
［電話］03-5261-4818(営業) 03-5261-4840(編集)
www.futabasha.co.jp（双葉社の書籍・コミックが買えます）
【印刷所】
大日本印刷株式会社
【製本所】
大日本印刷株式会社
【カバー印刷】
株式会社久栄社
【DTP】
株式会社ビーワークス

【フォーマット・デザイン】
日下潤一

ISBN978-4-575-67022-6 C0193
Printed in Japan